少年读经典诗文

少年读宋词三百首

宋立涛　主编

民主与建设出版社
·北京·

© 民主与建设出版社，2020

图书在版编目（CIP）数据

少年读宋词三百首 / 宋立涛主编 . -- 北京：民主
与建设出版社，2020.7
（少年读经典诗文；4）
ISBN 978-7-5139-3077-2

Ⅰ . ①少… Ⅱ . ①宋… Ⅲ . ①宋词－少年读物 Ⅳ .
① I222.844

中国版本图书馆 CIP 数据核字（2020）第 102763 号

少年读宋词三百首
SHAONIAN DU SONGCI SANBAI SHOU

主　　编	宋立涛	
责任编辑	刘树民	
总 策 划	李建华	
封面设计	黄　辉	
出版发行	民主与建设出版社有限责任公司	
电　　话	（010）59417747　59419778	
社　　址	北京市海淀区西三环中路 10 号望海楼 E 座 7 层	
邮　　编	100142	
印　　刷	三河市燕春印务有限公司	
版　　次	2020 年 8 月第 1 版	
印　　次	2020 年 8 月第 1 次印刷	
开　　本	850mm×1168mm　1/32	
印　　张	5 印张	
字　　数	121 千字	
书　　号	978-7-5139-3077-2	
定　　价	198.00 元（全六册）	

注：如有印、装质量问题，请与出版社联系。

前言

　　诗有唐宋之分，故历来选诗者鲜有将注重意趣之唐诗与注重理趣之宋诗揽入同一部诗选中者。词则不同，词作为一个晚近出现的文体，萌芽于唐代，成长于五代，至两宋始成熟结实，完成其生命周期。唐宋词之间血脉贯通，故历来选词者并不把唐词、宋词划然分开，大多唐宋兼收，若《花庵词选》、《草堂诗馀》之类。但是，宋词作为词史之荦荦大端，自然有其自足之存在，因而宋词的断代选本，亦代不乏编，自宋代曾慥《乐府雅词》启其端绪，至上疆村民之《宋词三百首》，已蔚然可观。

　　龙榆生《选词标准论》："晚清词人，颇喜选录，以寄其论词宗尚。各矜手眼，比类观之，亦可见当时词坛趋向。"晚清词家选本如陈廷焯之《云韶集》和《词则》，樊增祥之《微云榭词选》，谭献之《箧中词》，冯煦之《宋六十一家词选》，梁令娴、麦孟华之《艺蘅馆词选》，况周颐之《蕙风簃词选》，这些选本或初具纲目，或并未完稿，或虽已编成，但影响甚微，只有上疆村民之《宋词三百首》，及今八十余年而影响不衰。

　　《宋词三百首》编者，朱祖谋，号上疆村民。朱祖谋(1857~1931)，原名孝臧，字古微，浙江归安人，因世居归安埭溪渚上疆山麓，故号"上疆村民"，又号沤尹。光绪九年（1883）进士，历官国史馆协修、会典馆总纂总校、翰林院侍讲、礼部侍郎。光绪三十年，于广东学政任上辞官归隐苏州。朱氏早年工诗，四十岁始专力词学，遂成为近代词学宗师，与王鹏运、况周颐、郑文焯并称清季词学四大家。其词作《强村语业》，"海内奉为圭臬"（吴梅语）。所编刻《彊村丛书》，汇集唐、五代、宋、金、元词总集五种，别集一百六十二家，精审严校，洵为善本。《宋词三百首》为彊村老人晚年编订。张尔田《词林新语》云："归安朱彊村，词学宗师。方其选三百首宋词时，辄携钞帙，过蕙风簃，寒夜啜粥，相与探论。继时风雪甫定，清气盈宇，曼诵之声，直充闾巷。"可知，此选并非彊村老人独任其事，其间亦有况周颐、张尔田等人的切磋裁定之功，堪称是一部凝聚了近代词坛精英们心力的扛鼎之作。

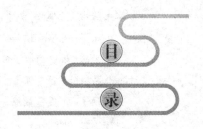

目录

燕山亭　北行见杏花　\1

木兰花　城上风光莺语乱　\2

渔家傲　秋思　\3

苏幕遮　怀旧　\4

御街行　秋日怀旧　\5

一丛花　伤高怀远几　\5

浣溪沙　一曲新词酒一杯　\6

浣溪沙　一向年光有限身　\7

清平乐　红笺小字　\8

木兰花　池塘水绿风微暖　\9

踏莎行　小径红稀　\10

凤箫吟　锁离愁　\11

玉楼春　春景　\11

采桑子　群芳过后西湖好　\12

蝶恋花　庭院深深深几许　\13

玉楼春　别后不知君远近　\14

浪淘沙　把酒祝东风　\15

青玉案　一年春事都来几　\16

多丽　李良定公席上赋　\16

雨霖铃　寒蝉凄切　\18

蝶恋花　伫倚危楼风细细　\20

采莲令　月华收　\21

少年游　长安古道马迟迟　\22

玉蝴蝶　望处雨收云断　\24

八声甘州　对潇潇暮雨洒江天　\25

竹马子　登孤垒荒凉　\26

桂枝香　金陵怀古　\27

千秋岁引　秋景　\28

清平乐　春晚　\29

临江仙　梦后楼台高锁　\30

蝶恋花　梦入江南烟水路　\31

蝶恋花　醉别西楼醒不记　\32

生查子　金鞭美少年　\32

生查子　关山魂梦长　\33

清平乐　留人不住　\34

阮郎归　旧香残粉似当初　\35

虞美人　曲阑干外天如水　\35

水调歌头　明月几时有　\36

水龙吟　次韵章质夫杨花词　\37

念奴娇　赤壁怀古　\38

卜算子　黄州定惠院寓居作　\40

临江仙　夜饮东坡醒复醉　\40

江城子　乙卯正月二十日夜记梦　\41

贺新郎　夏景　\42

鹧鸪天　座中有眉山隐客史应之和前韵即席答之　\43

定风波　次高左藏使君韵　\44

望海潮　洛阳怀古　\45

八六子　倚危亭　\46

满庭芳　山抹微云　\47

踏莎行　郴州旅舍　\48

浣溪沙　漠漠轻寒上小楼　\49

2

鹧鸪天　枝上流莺和泪闻　\50

绿头鸭　咏月　\51

蝶恋花　欲减罗衣寒未去　\52

风流子　木叶亭皋下　\53

水龙吟　次韵林圣予惜春　\54

洞仙歌　泗州中秋作　\55

临江仙　忆昔西池池上饮　\56

虞美人　寄公度　\56

渔家傲　小雨纤纤风细细　\57

惜分飞　泪湿阑干花著露　\58

菩萨蛮　赤阑桥尽香街直　\58

菩萨蛮　绿芜墙绕青苔院　\59

洞仙歌　雪云散尽　\60

青门饮　寄宠人　\60

谢池春　残寒销尽　\61

卜算子　我住长江头　\62

瑞龙吟　大石春景　\63

风流子　新绿小池塘　\64

夜飞鹊　河桥送人处　\65

满庭芳　夏日溧水无想山作　\66

大酺　春雨　\67

定风波　莫倚能歌敛黛眉　\68

解连环　怨怀无托　\69

关河令　秋阴时晴渐向暝　\70

绮寮怨　上马人扶残醉　\71

更漏子　上东门　\72

青玉案　凌波不过横塘路　\73

薄幸　淡妆多态　\73

浣溪沙　醉中真　\74

望湘人　春思　\75

石州慢 寒水依痕 \76

贺新郎 睡起啼莺语 \77

虞美人 雨后同干誉才卿置酒来禽花下作 \78

点绛唇 新月娟娟 \78

临江仙 高咏楚词酬午日 \79

临江仙 夜登小阁忆洛中旧游 \80

苏武慢 雁落平沙 \80

帝台春 芳草碧色 \81

忆王孙 春词 \82

满江红 怒发冲冠 \83

水龙吟 夜来风雨匆匆 \84

六州歌头 \85

六州歌头 桃花 \86

卜算子 咏梅 \87

渔家傲 寄仲高 \87

水龙吟 春恨 \88

忆秦娥 楼阴缺 \89

眼儿媚 萍乡道中乍晴卧舆中困甚小憩柳塘 \90

霜天晓角 梅 \90

贺新郎 赋琵琶 \91

水龙吟 登建康赏心亭 \92

永遇乐 京口北固亭怀古 \93

木兰花慢 滁州送范倅 \95

祝英台近 晚春 \96

青玉案 元夕 \97

点绛唇 丁未冬过吴松作 \98

鹧鸪天 元夕有所梦 \98

踏莎行 自沔东来丁未元日至金陵江上感梦而作 \99

庆宫春 双桨莼波 \100

念奴娇 闹红一舸 \101

扬州慢 淮左名都 \102

暗香 旧时月色 \103

疏影 苔枝缀玉 \104

唐多令 芦叶满汀洲 \104

绮罗香 咏春雨 \105

双双燕 咏燕 \106

东风第一枝 咏春雪 \107

玉蝴蝶 晚雨未摧宫树 \107

生查子 元夕戏陈敬叟 \108

贺新郎 九日 \109

木兰花 戏林推 \110

江城子 画楼帘幕卷新晴 \110

宴清都 连理海棠 \111

齐天乐 烟波桃叶西陵路 \112

花犯 郭希道送水仙索赋 \113

点绛唇 试灯夜初晴 \114

祝英台近 春日客龟溪游废园 \114

澡兰香 淮安重午 \115

莺啼序 春晚感怀 \116

高阳台 落梅 \117

八声甘州 灵岩陪庚幕诸公游 \118

踏莎行 润玉笼绡 \119

夜游宫 人去西楼雁杳 \119

青玉案 新腔一唱双金斗 \120

金缕歌 陪履斋先生沧浪看梅 \121

唐多令 惜别 \121

湘春夜月 近清明 \122

大有 九日 \123

青玉案 年年社日停针线 \123

摸鱼儿 对西风 \124

兰陵王 丙子送春 \125

宝鼎现 春月 \125

摸鱼儿 酒边留同年徐云屋 \126

瑶花慢 朱钿宝玦 \128

玉京秋 烟水阔 \129

曲游春 禁烟湖上薄游 \130

绣鸾凤花犯 赋水仙 \131

贺新郎 梦冷黄金屋 \132

女冠子 元夕 \132

高阳台 西湖春感 \134

八声甘州 记玉关踏雪事清游 \134

解连环 孤雁 \135

疏影 咏荷叶 \136

月下笛 孤游万竹山中 \137

眉妩 新月 \138

齐天乐 蝉 \139

高阳台 和周草窗寄越中诸友韵 \140

法曲献仙音 聚景亭梅次草窗韵 \141

疏影 寻梅不见 \142

六丑 杨花 \142

金明池 天阔云高 \144

如梦令 昨夜雨疏风骤 \145

凤凰台上忆吹箫 香冷金猊 \145

醉花阴 薄雾浓云愁永昼 \147

声声慢 寻寻觅觅 \148

念奴娇 春情 \149

燕山亭① 北行见杏花

赵 佶

裁剪冰绡②，打叠数重，淡着燕脂匀注③。新样靓妆④，艳溢香融，羞杀蕊珠宫女⑤。易得凋零，更多少、无情风雨。愁苦。闲院落凄凉，几番春暮。

凭寄离恨重重，这双燕，何曾会人言语⑥。天遥地远，万水千山，知他故宫何处。怎不思量，除梦里、有时曾去。无据⑦。和梦也、新来不做⑧。

注 释

①《词苑丛谈》卷六："徽宗北辕后，赋《燕山亭》杏花一阕，哀情哽咽，仿佛南唐李主，令人不忍多听。"清宋荦《题宋徽宗竹禽图》："春风艮岳罢朝时，蕞尔微禽费睿思。肠断燕山亭子畔，杏花新燕又题词。""燕山亭"一作"宴山亭"。《词律》："此调本名《燕山亭》，恐是燕国之'燕'，《词汇刻》作'宴山亭'，非也。"这首词通过写杏花的凋零，借以自悼。上片描写杏花，运笔极其细腻，好似在作工笔画。下片抒写离恨哀情，层层深入，愈转愈深，愈深愈痛。

②冰绡：轻薄洁白的绢。这里指杏花花瓣像白色薄绢。唐王勃《七夕赋》："停翠梭兮卷霜縠，引鸳杼兮割冰绡。"

③燕脂：同"胭脂"。匀注：涂抹均匀。

④靓妆：艳丽的妆扮。鲍照《代朗月行》："靓妆坐帷里，当户弄清弦。"

⑤蕊珠宫：道教经典中所说的仙宫。周邦彦《汴都赋》："蕊珠、广寒、黄帝之宫，荣光休气，瞳胧往来。"赵佶信奉道教，自号教主道君皇帝。

⑥会：理解。

1

⑦无据：无所依凭。宋谢懋《蓦山溪》词："飞云无据，化作冥蒙雨。"

⑧和：连。

木兰花① 城上风光莺语乱

钱惟演

城上风光莺语乱②。城下烟波春拍岸。绿杨芳草几时休③，泪眼愁肠先已断④。

情怀渐觉成衰晚。鸾镜朱颜惊暗换⑤。昔年多病厌芳尊⑥，今日芳尊惟恐浅。

注释

①木兰花，为唐教坊曲名，宋人所填木兰花，皆名为玉楼春。据《花间集》分析，《木兰花》与《玉楼春》原为两调，自《尊前集》误刻后，宋人相沿，率多混填。惟演暮年有汉东（今湖北钟祥）之谪，此调即当时所作，词极凄婉。

②莺语乱：莺的叫声此起彼伏。辛弃疾《锦帐春》（春色难留）有"燕飞忙，莺语乱"句，应为借用惟演成语。

③绿杨芳草几时休：笔意追摹李后主《虞美人》"春花秋月何时了？往事知多少"句。

④泪眼愁肠先已断：范仲淹《御街行》"柔肠已断无由醉，酒未到先成泪"，与此句笔意相似。

⑤鸾镜朱颜惊暗换：鸾镜，镜子的美称。《艺文类聚》卷九十引南朝宋范泰《鸾鸟诗》序云：罽宾王获一鸾鸟，三年不鸣。夫人悬镜于鸾鸟之前，欲使其见同类而后鸣。不想鸾鸟睹镜中影则愈悲，哀鸣不已，不久即亡。故诗词中多以鸾镜表现临镜而生悲。朱颜惊暗换，用李后主《虞美人》"雕栏玉砌应犹在，只是朱颜改"句意。

⑥尊：同"樽"。酒杯。

渔家傲① 秋思
范仲淹

塞下秋来风景异。衡阳雁去无留意②。四面边声连角起③，千嶂里，长烟落日孤城闭④。

浊酒一杯家万里，燕然未勒归无计⑤。羌管悠悠霜满地，人不寐，将军白发征夫泪。

注释

①此调始见于北宋晏殊，因词中有"齐揭调，神仙一曲渔家傲"，因以"渔家傲"作调名。这是一首边塞词，起片写边塞景物，寒风萧瑟，满目荒凉。下片词人自抒怀抱，战争没有取得胜利，还乡之计是无从谈起的，然而要取得胜利，更为不易。继而由自己而及征夫，总收全词。爱国激情，浓重乡思，兼而有之，构成了将军与征夫复杂而又矛盾的情绪。这种情绪主要是通过全词景物的描写，气氛的渲染，婉曲地传达出来，情调苍凉而悲壮。

②衡阳：位于今湖南省。其旧城之南有回雁峰，状如雁之回旋。相传雁飞至此，不再南飞。

③边声：指边境上羌管、胡笳、画角等音乐声音。汉李陵《答苏武书》："吟啸成群，边声四起。"

④孤城闭：杜甫《题忠州龙兴寺所居院壁》有"孤城早闭门"句。

⑤燕然：即杭爱山，在今蒙古人

民共和国境内。据《后汉书》载，东汉窦宪领兵出塞，大破北匈奴，登燕然山，刻石记功，宣扬汉朝威德。勒：刻石记功。

苏幕遮[①]怀旧

范仲淹

碧云天，黄叶地。秋色连波，波上寒烟翠。山映斜阳天接水，芳草无情[②]，更在斜阳外。

黯乡魂[③]，追旅思。夜夜除非，好梦留人睡。明月楼高休独倚，酒入愁肠，化作相思泪。

注 释

①苏幕遮，为唐教坊曲名。唐慧琳《一切经音义》卷四十一"苏莫遮"条："'苏莫遮'，西域胡语也，正云'飒磨遮'。此戏本出西龟兹国，至今犹有此曲。此国浑脱、大面、拔头之类也。"《唐会要》卷三十四《论乐》:（神龙）二年三月，并州清源县尉吕元泰上疏曰："比见都邑城市，相率为浑脱，骏马胡服，名为苏莫遮。旗鼓相当，军阵之势也；腾逐喧噪，战争之象也；锦绣夸竞，害女工也；征敛贫弱，伤政体也；胡服相效，非雅乐也；浑脱为号，非美名也。安可以礼仪之朝，法戎虏之俗；军阵之势，列庭阙之下。窃见诸王，亦有此好，自家刑国，岂若是也。"可见，此曲流传中国当在唐中宗之前。据吕元泰的描述，此曲最早应属军乐。至宋，词家用此调度新曲。又名鬓云松令、云雾敛。范仲淹的这首词上片写秋丽阔远的秋景，暗透乡思；下片直抒思乡情怀。纵观全词，词人将阔远之境、秋丽之景与深挚之柔情完美地统一在一起，显得柔而有骨，深挚而不流于颓靡。

②芳草无情：据《穷幽记》载，小儿坡上草很旺盛，裴晋公经常散放几只白羊于其中，并说："芳草无情，赖此装点。"温庭筠《经西坞偶题》："摇摇弱柳黄鹂啼，芳草无情人自迷。"

③黯：黯然失色。"黯乡魂"暗用江淹《别赋》"黯然销魂"语。

御街行^①秋日怀旧

范仲淹

纷纷坠叶飘香砌^②。夜寂静、寒声碎。真珠帘卷玉楼空^③，天淡银河垂地。年年今夜，月华如练，长是人千里^④。

愁肠已断无由醉。酒未到、先成泪。残灯明灭枕头欹^⑤，谙尽孤眠滋味^⑥。都来此事，眉间心上，无计相回避^⑦。

注 释

①此调首见柳永《乐章集》，因宋杨湜《古今词话》收无名氏词有"听孤雁声嘹唳"句，因此又名"孤雁儿"。这是一首怀人之作，其间洋溢着一片柔情。上片描绘秋夜寒寂的景象，下片抒写孤眠愁思的情怀，由景入情，情景交融。

②香砌：铺有落花的台阶。

③真珠：即珍珠。

④长是人千里：谢庄《月赋》有"隔千里兮共明月"句。

⑤欹：倾斜。

⑥谙尽：犹言尝尽。谙，熟悉。

⑦眉间心上，无计相回避：李清照《一剪梅》"此情无计可消除，才下眉头，却上心头"句当化用此句。

一丛花^①伤高怀远几

张 先

伤高怀远几时穷。无物似情浓。离愁正引千丝乱，更东陌、飞絮濛濛。嘶骑渐遥②，征尘不断，何处认郎踪。

双鸳池沼水溶溶。南北小桡通③。梯横画阁黄昏后，又还是、斜月帘栊。沉恨细思，不如桃杏，犹解嫁东风④。

注释

①据《词谱》，"一丛花"调以苏轼《一丛花》（今年春浅腊侵年）为正体。其实在苏轼之前，张先这首《一丛花》就已流传很广了。宋人范公偁《过庭录》记载：张先子野郎中《一丛花》，一时盛传。欧永叔尤爱之，恨未识其人。子野家南地，以故至都谒永叔，阍者以通，永叔倒屣迎之曰："此乃'桃杏嫁东风'郎中。"东坡守杭，子野尚在，尝预宴席，有《南乡子》词，末句云："闻道贤人聚吴分，试问，也应傍有老人星。"盖年八十余矣。张先的这首《一丛花》是一首闺怨词，写一位女子独处深闺的相思与愁恨。上片用倒叙的手法着意渲染女主人公的愁绪。下片写相思无奈的"沉恨"和空虚。整首词紧扣"伤高怀远"，从登楼远望回忆，收归近处池沼、眼前楼阁，最后收拍到自身，由远而近，次第井然。

②骑：名词。乘坐的马。

③桡：船桨。此指船。

④嫁东风：李贺《南园十三首》之一："可怜日暮嫣香落，嫁于春风不用媒。"《全唐诗》收庾传素《木兰花》："是何芍药争风彩，自共牡丹长作对。若教为女嫁东风，除却黄莺难匹配。"可见以花为女，嫁于东风，唐人已作此想。

浣溪沙①－曲新词酒一杯

晏 殊

一曲新词酒一杯，去年天气旧亭台。夕阳西下几时回？
无可奈何花落去，似曾相识燕归来②。小园香径独徘徊③。

注 释

①浣溪沙，唐教坊曲名，张泌词有"露浓香泛小庭花"句，名"小庭花"；贺铸名"减字浣溪沙"，韩淲词有"芍药酴醾满院春"句，名"满院春"；有"东风拂槛露犹寒"句，名"东风寒"；有"一曲西风醉木犀"句，名"醉木犀"；有"霜后黄花菊自开"句，名"霜菊黄"；有"广寒曾折最高枝"句，名"广寒枝"；有"春风初试薄罗衫"句，名"试香罗"；有"清和风里绿阴初"句，名"清和风"；有"一番春事怨啼鹃"句，名"怨啼鹃"。这首词上片通过叠印时空，交错换位，进行了变与不变的哲学思考；下片则巧借眼前景物，着重写眼前的感伤。全词语言流转，明白如话，清丽自然，意蕴深沉，启人神智，耐人寻味。

②无可奈何花落去，似曾相识燕归来：萧纲《春日》诗："欲道春园趣，复忆春时人。春人竟何在，空爽上春期。独念春花落，还似昔春时。"两者立意相似。晏殊另有诗《假中示判官张寺丞王校勘》："元巳清明假未开，小园幽径独徘徊。春寒不定斑斑雨，宿醉难禁滟滟杯。无可奈何花落去，似曾相识燕归来。游梁赋客多风味，莫惜青钱万选才。"可见是晏殊的得意之作，只是不知先有诗，还是先有词。

③香径：落花满径，留有芬芳，故云香径。唐戴叔伦《游少林寺》诗："石龛苔藓积，香径白云深。"

浣溪沙①—向年光有限身

晏 殊

一向年光有限身②。等闲离别易销魂③。酒筵歌席莫辞频。满目山河空念远④，落花风雨更伤春。不如怜取眼前人⑤。

注　释

①这是一首伤别词，所写的并非一时所感，也非一人一事，而是反映了作者对人生的认识：年光有限，世事难料；空间和时间的距离即难以逾越，加之美好事物总难追寻，不如立足现实，牢牢地抓住眼前的一切。

②一向：片刻。向，同"晌"。

③等闲：平常。销魂：谓心灵震荡，如魂飞魄散。形容极度哀愁感伤。

④满目山河空念远：由唐李峤《汾阴行》诗"山川满目泪沾衣"句化出。念远，思念远方友人。

⑤怜：爱怜。唐《会真记》载崔莺莺诗："还将旧来意，怜取眼前人。"此句亿用其意。

清平乐①　红笺小字

晏　殊

红笺小字②。说尽平生意。鸿雁在云鱼在水③。惆怅此情难寄。

斜阳独倚西楼。遥山恰对帘钩。人面不知何处，绿波依旧东流④。

注　释

①王灼《碧鸡漫志》："清平乐，《松窗录》云：开元中，禁中初种木芍药，得四本，红、紫、浅红、通白繁开，上乘照夜白，太真妃以步辇从，李龟年手捧檀板押众乐前，将歌之。上曰：焉用旧词为？命龟年宣翰林学士李白，立进《清平调》词三章，上命梨园弟子约格调，抚丝竹，促龟年歌。太真妃笑领歌意甚厚。张君房《脞说》指此为《清平乐》曲。按：明皇宣白进《清平调》，乃是令白于《清平调》中制词。盖古乐取声律高下合为三，曰清调、平

调、侧调，此谓三调。明皇止令就择上两调偶，不乐侧调故也。况白词七字绝句，与今曲不类，而《尊前集》亦载此三绝句，止目曰《清平调》，然唐人不深考，妄指此三绝句耳。此曲在越调，唐至今盛行。今世又有黄钟宫、黄钟商两音者，欧阳炯称白有应制《清平乐》四首，往往是也。"复据《词谱》，《花庵词选》名"清平乐令"，张辑词有"忆着故山萝月"句，名"忆萝月"；张翥词有"明朝来醉东风"句，名"醉东风"。这首词为怀人之作。词中寓情于景，以淡景写浓愁，言青山常在，绿水长流，而自己爱恋着的人却不知去向；虽有天上的鸿雁和水中的游鱼，它们却不能为自己传递书信，因而惆怅万端。

②红笺：红色笺纸。

③鸿雁在云鱼在水：暗含鱼雁传书之意。《全唐诗》收张泌《生查子》："鱼雁疏，芳信断，花落庭阴晚。"

④人面不知何处：语本崔护《题都城南庄》诗"人面不知何处去，桃花依旧笑春风"。

木兰花①池塘水绿风微暖

晏　殊

池塘水绿风微暖。记得玉真初见面②。重头歌韵响铮琮③，入破舞腰红乱旋④。

玉钩阑下香阶畔⑤。醉后不知斜日晚。当时共我赏花人⑥，点检如今无一半⑦。

注释

①这首词上下两片对照来写，以上片场面之热烈反衬下片眼前的凄清与孤独，怀旧之情自然流露出来。结句由虚入实，感情沉着，情韵香渺。

②玉真：玉人，美人。

③重头：词的上下片声
韵节拍完全相同的称重头。
铮琮：形容金属撞击时所发
出的声音。

④入破：指乐声骤变为
繁碎之音。乱旋：谓舞蹈节
奏加快。

⑤玉钩：指新月。鲍照《玩月城西门廨中》诗："蛾眉蔽珠栊，
玉钩隔琐窗。"李白《挂席江上待月有怀》诗："倏忽城西郭，青天
悬玉钩。"

⑥赏花人：欣赏歌舞美色之人。

⑦点检：犹言算来。

踏莎行①小径红稀

晏　殊

小径红稀，芳郊绿遍。高台树色阴阴见②。春风不解禁杨花，
濛濛乱扑行人面③。

翠叶藏莺，朱帘隔燕。炉香静逐游丝转④。一场愁梦酒醒时，
斜阳却照深深院。

注释

①这首词写暮春景色，上片写郊外景色，下片写院内景象，最
后以"斜阳却照深深院"作结，闲愁淡淡，难以排解。

②阴阳见：树木葱郁茂密，现出幽暗之色。见，同现。李商隐
《燕台诗》之《夏》："前阁雨帘愁不卷，后堂芳树阴阴见。"

③濛濛：纷杂貌。

④游丝：飞扬在空中的蜘蛛等虫类的丝。

凤箫吟① 锁离愁

韩 缜

锁离愁，连绵无际，来时陌上初熏②。绣帏人念远，暗垂珠泪，泣送征轮③。长亭长在眼，更重重、远水孤云。但望极楼高，尽日目断王孙④。

消魂。池塘别后，曾行处、绿妒轻裙。恁时携素手⑤，乱花飞絮里，缓步香茵。朱颜空自改，向年年、芳意长新。遍绿野，嬉游醉眠，莫负青春。

注释

①凤箫吟又名《凤楼吟》、《芳草》，以韩缜词为正体。这是一首咏物词，借咏芳草以寄托离情别绪。上片写游子即将远征，女子垂泪相送，想日后征人远去，只留下思妇，危楼远眺，目断平芜。下片写别后触目伤怀，意兴索然，深恐美人迟暮，芳意不成。整首词咏草，却不着一草字，借句用典，却全无雕琢痕迹。

②陌上：田间的小路上。熏：同"薰"，散发香气。江淹《别赋》："闺中风暖，陌上草熏。"

③征轮：远行人乘坐的车子。唐王维《观别者》诗："挥泪逐前侣，含凄动征轮。"

④王孙：即王孙草。

⑤恁时：那时。

玉楼春① 春景

宋 祁

东城渐觉风光好。縠皱波纹迎客棹②。绿杨烟外晓寒轻，红杏枝头春意闹。

浮生长恨欢娱少。肯爱千金轻一笑③。为君持酒劝斜阳，且向花间留晚照④。

注释

①这是一首惜春词。上片极力渲染盎然的春意，富有灵性的水波，如丝如烟的绿杨，"喧闹"于枝头的红杏，一派烂漫的春光。下片转而感叹春光易逝，良辰难驻，斜阳晚照，劝酒花间，情绪略显低沉。这与古人燃烛照花，秉烛夜游，取径相同，似不必以"及时行乐"责备古人。从写法上讲，于极盛处略抒愁思，全词意脉方显波澜。

②縠皱：绉纱似的波纹。

③肯爱千金轻一笑：意即怎么肯爱惜金银而轻视欢乐的生活呢。千金一笑，据《艺文类聚》卷五十七引东汉崔骃《七依》云："酒酣乐中，美人进以承宴，调欢欣以解容。四顾百万，一笑千金。"盖宴席中侑酒美女难得笑颜，后遂用"一笑千金"形容歌姬舞女娇美的形象与动人的笑容。

④且向花间留晚照：化用李商隐《写意》诗"日向花间留返照"句。

采桑子①群芳过后西湖好

欧阳修

群芳过后西湖好，狼藉残红②。飞絮濛濛。垂柳阑干尽日风③。笙歌散尽游人去④，始觉春空。垂下帘栊。双燕归来细雨中。

注释

①据《词谱》，唐教坊曲有《杨下采桑》，《采桑子》调名本此。《采桑子》的另名如下：南唐李煜词名《丑奴儿令》，冯延巳词名《罗敷媚歌》，贺铸词名《丑奴儿》，陈师道词名《罗敷媚》。这首词是欧阳修组词《采桑子》十首中的第四首，描写的是颍州西湖的暮春景象。上片以"残红"、"飞絮"、"垂柳"点出时令，末句着一"风"字，始将这些片段景物连成一片。下片写人去春空，着一"空"字，便觉真味隽永，西湖之好，正在于此。西湖之美并不仅止于此，末句"双燕归来"，使西湖之美于空幽之外，平添几分灵动。

②狼藉：纵横散乱貌。

③阑干：纵横散乱貌，交错杂乱貌。岑参《白雪歌送武判官归京》："瀚海阑干百丈冰，愁云惨淡万里凝。"

④笙歌：奏乐唱歌。

蝶恋花①庭院深深深几许

欧阳修

庭院深深深几许，杨柳堆烟，帘幕
无重数。玉勒雕鞍游冶处，楼高不
见章台路②。

雨横风狂三月暮③，
门掩黄昏，无计留春
住。泪眼问花花不

語，乱红飞过秋千去④。

注释

①这是一首闺怨词，描写了一位独守深闺的少妇极其苦闷的心情。上片写女子生活的处境，整日禁锢于深宅大院之中，而负心的夫君，则终日游荡于歌楼妓馆，这是一桩不幸的婚姻。下片抒写少妇的心情，风雨无情，留春不住，使少妇想到自己易逝的芳年，情思绵邈，意境深远。

②章台路：汉朝长安有章台街，歌妓居之。唐朝许尧佐有《章台柳传》，后人因以章台为歌妓聚居之地。

③雨横：雨下得猛。

④泪眼问花花不语：唐严恽《惜花》："春光冉冉归何处，更向花前把一杯。尽日问花花不语，为谁零落为谁开。"

玉楼春①别后不知君远近

欧阳修

别后不知君远近。触目凄凉多少闷。渐行渐远渐无书，水阔鱼沉何处问②。

夜深风竹敲秋韵③。万叶千声皆是恨。故欹单枕梦中寻，梦又不成灯又烬④。

注释

①这首词描写了闺中思妇深沉凄婉的离愁别恨。上片写别后

少年读宋词三百首

音讯渐无，心中顿生牵念，因而触目生愁。下片写夜不成寐，梦难成，而灯已烬，凄苦至极。

②鱼沉：意谓没有信使来。

③秋韵：即秋声。庾信《咏画屏风诗》之十一："急节迎秋韵，新声入手调。"

④烬：化成灰烬。

浪淘沙^①把酒祝东风

欧阳修

把酒祝东风，且共从容^②。垂杨紫陌洛城东^③。总是当时携手处，游遍芳丛^④。

聚散苦匆匆，此恨无穷。今年花胜去年红。可惜明年花更好，知与谁同。

注 释

①浪淘沙，唐教坊曲名。原与七言绝句形式相似，白居易《白氏长庆集》收有《浪淘沙》词六首，其中第六首有"却到帝都重富贵，请君莫忘浪淘沙"句。刘禹锡也写过此体。双调小令《浪淘沙》为南唐后主李煜创制，《词谱》即以李词为正体。这是一首伤时惜别之作。明道元年（1032）春，欧阳修与友人梅尧臣洛阳城东旧地重游，有感而作，感叹人生聚散无常。上片追忆昔时与友人欢聚的良辰美景，把酒赏花，意气轩昂。下片写与朋友别后的无限的离恨。其中末句"知与谁同"，以诘问作结，浓重的孤寂之感，使人不忍卒读。

②"把酒"二句：唐司空图《酒泉子》词有"黄昏把酒祝东风，且从容"。此化用其句。从容，流连盘桓。

③紫陌：指京城郊外的道路。刘禹锡《元和十一年自朗州召至京戏赠看花诸君子》诗："紫陌红尘拂面来，无人不道看花回。"

15

④芳丛：花丛。晏殊《凤衔杯》词："凭朱槛，把金卮。对芳丛、惆怅多时。"

青玉案① 一年春事都来几

欧阳修

一年春事都来几，早过了、三之二。绿暗红嫣浑可事②。绿杨庭院，暖风帘幕，有个人憔悴。

买花载酒长安市，又争似、家山见桃李③。不枉东风吹客泪。相思难表，梦魂无据，惟有归来是。

注释

①调名出自东汉张衡《四愁诗》："美人赠我锦绣段，何以报之青玉案。"《词谱》以贺铸《青玉案》（凌波不过横塘路）为正体，故又名《横塘路》等。这首词表现了词人暮春思归的满怀愁绪。上片写词人面对大好春光，却斯人独憔悴。下片继而解释憔悴的原因：春已尽而家难回，托梦还乡，不如遽然归去。下片立意颇似韦庄《菩萨蛮》："琵琶金翠羽，弦上黄莺语，劝我早归家，绿窗人似花。"

②浑可事：宋人方言，意谓算不了啥事。

③争似：怎能比得上。

多丽① 李良定公席上赋

聂冠卿

想人生，美景良辰堪惜。问其间、赏心乐事，就中难是并得②。况东城、凤台沙苑③，泛晴波、浅照金碧。露洗华桐，烟霏丝柳④，绿阴摇曳，荡春一色⑤。画堂迥、玉簪琼佩⑥，高会尽词客。清欢久、重燃绛蜡⑦，别就瑶席⑧。

有翩若轻鸿体态⑨，暮为行雨标格⑩。逗朱唇、缓歌妖丽，似听流莺乱花隔。慢舞萦回，娇鬟低亸，腰肢纤细困无力⑪。忍分散、彩云归后，何处更寻觅。休辞醉，明月好花，莫谩轻掷⑫。

注释

①据《词谱》卷三十七："多丽"亦名"绿头鸭"、"陇头泉"，宋元人少有填此体者。又据《词苑丛谈》卷一：多丽词牌名缘于张均妓名。《说郛》卷一一九下引《辨音录》：张均妓多丽，弹琵琶曲，项上有高丽丝结，赵诗争夺，致伤二指。晁补之曾经用这一词牌表现"轻盈弹琵琶"。据吴曾《能改斋漫录》卷十六，这首词为聂冠卿赋于李良定公席上。蔡襄时知泉州，寄公书云："新传《多丽》词，述宴游之娱，使病夫举首增叹耳。"另蔡襄《端明集》卷八诗《客有至京师言诸公春间多会于元伯园池因念昔游辄形篇咏》有句"清游胜事传京下，多丽新词到海边"。可见聂冠卿《多丽》词写成不久，就已远近传播开了。这首词和白居易《三月三日被禊洛滨》诗，在谋篇上有异曲同工之妙，可参看。

②就中难是并得：谢灵运《拟邺中诗序》："天下良辰、美景、赏心、乐事，四者难并。"美景、良辰、赏心、乐事，此四者正是本词的结撰之处。

③凤台：华美的台榭。刘向《列仙传·萧史》："萧史者，秦穆公时人也。善吹箫，能致孔雀白鹤于庭。穆公有女，字弄玉，好之。公遂以女妻焉……公为作凤台，夫妇止其上。"南朝宋鲍照《升天行》："凤台无还驾，箫管有遗声。""沙苑"一作"沁苑"。

④霏：笼罩。

⑤荡春一色：即春色浩荡。

⑥迥：高。

⑦重燃绛蜡：重新点起绛色的蜡烛。意谓良辰欢会，不觉已至深夜。

⑧瑶席：美味的酒宴。

⑨轻鸿：代指女子轻盈的体态。吴文英《声声慢》（云深山坞）"恨玉奴，消瘦飞趁轻鸿"句意相似。

⑩暮为行雨标格：宋玉《高唐赋》言巫山之女"旦为朝云，暮为行雨"。标格，风范、风度。苏轼《荷华媚·荷花》词："霞苞电荷碧，天然地、别是风流标格。"意谓眼前女子有仙女风度。

⑪"逞朱唇"至"困无力"句：白居易《三月三日祓禊洛滨》诗："舞急红腰软，歌迟翠黛低。"两相对比，可以看出，词中的语句显然点化了白居易的诗句。鬖，低垂的样子。

⑫"忍分散"至"莫谩轻掷"句：与前引白居易诗"夜归何用烛，新月凤楼西"，结缡处正同。晏几道《临江仙》（梦后楼台高锁）"当时明月在，曾照彩云归"，可以合观。谩，白白地。

雨霖铃①寒蝉凄切

柳 永

寒蝉凄切②，对长亭晚，骤雨初歇。都门帐饮无绪③，留恋处、兰舟催发④。执手相看泪眼，竟无语凝噎⑤。念去去、千里烟波，暮霭沉沉楚天阔⑥。

多情自古伤离别，更那堪，冷落清秋节！今宵酒醒何处⑦？杨柳岸、晓风残月。此去经年⑧，应是良辰好景虚设⑨。便纵有千种风情，更与何人说？

注 释

①雨霖铃，又作雨淋铃，唐教坊曲名。据王灼《碧鸡漫志》引《明皇杂录》及《杨妃外传》记载：安史之乱爆发后，唐玄宗避乱入蜀，初入斜谷，霖雨弥目，栈道中闻铃声。玄宗方悼念贵妃，采其声为雨淋铃曲以寄托哀思。后由伶人张徽（野狐）演奏，流传于世。又据《唐诗品汇》卷五十二引《明皇别录》记载："泊至德中，

复幸华清宫，从宫嫔御皆非昔人，帝于望京楼令张微奏此曲，不觉凄怆流涕，其曲后入法部。"唐诗人崔道融《羯鼓》："华清宫里打撩声，供奉丝簧束手听。寂寞銮舆斜谷里，是谁翻得雨淋铃。"以雨霖铃事入诗的唐诗还有若干首，可见，玄宗翻制雨霖铃曲调事，广为唐人所知。雨霖铃又作雨霖铃慢，双调。王灼《碧鸡漫志》云："今双调雨霖铃慢，颇极哀怨，真本曲遗声。"柳永的这首词，是一首著名的别情词，描写词人离开汴京与心爱的人难舍难分的痛苦心情。

②寒蝉：秋蝉之谓。陆佃《埤雅》卷八："立秋之节，初五日凉风至，次五日白露降，后五日寒蝉鸣。"

③帐饮：于郊外搭起帐篷，摆宴送行。江淹《别赋》："帐饮东都，送客金谷。"《海录碎事》卷六："野次无宫室，故曰帐饮。"

④兰舟：在古诗词中，常用兰舟极言舟之华贵。梁任昉《述异记》卷下："木兰川在浔阳江中，多木兰树。昔吴王阖闾植木兰于此，用构宫殿也。七里洲中有鲁班刻木兰为舟，舟至今在洲中。诗家云木兰舟出于此。"

⑤执手相看泪眼，竟无语凝噎：江淹《别赋》："造携手而衔泪，各寂寞而伤神。"（文字据四部丛刊宋本《江文通集》）可以对读。

⑥"念去去"至"楚天阔"句：可参看唐代诗人黄滔《旅怀寄友人》"一船风雨分襟处，千里烟波回首时"。去去，不断远去，越走越远。楚天，江南楚地的天空。

⑦今晓酒醒何处：言以酒去愁，酒醒更愁。李璟《应天长》："昨夜更阑酒醒，春愁过却

病。"周邦彦《关河令》:"酒已都醒,如何消永夜。"句意相似。

⑧经年:年复一年。

⑨应是良辰、好景虚设:言若无相爱的人陪伴,美好的光景就等于虚设。类似的意思,柳永在其他词作中反复表现过多次。《慢卷绸》:"对好景良辰,皱着眉儿,成甚滋味。"《应天长》中也说:"把酒与君说:恁好景佳辰,怎忍虚设。"

蝶恋花①伫倚危楼风细细

柳 永

伫倚危楼风细细。望极春愁,黯黯生天际②。草色烟光残照里。无言谁会凭阑意。

拟把疏狂图一醉③。对酒当歌④,强乐还无味⑤。衣带渐宽终不悔。为伊消得人憔悴⑥。

注释

①蝶恋花,为唐教坊曲名。本名为鹊踏枝。晏殊取梁简文帝萧纲诗句"翻阶蛱蝶恋花情"改作今名。又名黄金缕、凤栖梧、卷珠帘、江如练等。这是一首怀远之作,词人登高望远,独倚危栏,任思念在心头滋生,终无悔意。

②望极春愁,黯黯生天际:黯黯春愁,生于天际。黯黯,意为伤心忧愁的样子。以黯黯言春愁有韦应物《寄李儋元锡》诗:"世事茫茫难自料,春愁黯黯独成眠。"另,"薄暮起暝愁"是古诗中一个常见的主题,此处言日暮时分,心生春愁。前人有不少类似的诗句,唐人张祜《折杨柳枝》:"伤心日暮烟霞起,无限春愁生翠眉。"《鹤林玉露》引唐人赵嘏诗云:"夕阳楼上山重迭,未抵春愁一倍多。"

③疏狂:豪放而不受拘束。白居易《代书诗寄微之》:"疏狂属年少,闲散为官卑。"朱敦儒《鹧鸪天·西都作》词:"我是清都山

水郎，天教懒慢带疏狂。"

④对酒当歌：语出曹操《短歌行》"对酒当歌，人生几何"。

⑤强乐：勉强作乐。《二程遗书》卷十八："勉强乐不得，须是知得了，方能乐得。"

⑥"衣带渐宽"以下二句："衣带渐宽"化自《古诗十九首》中"相去日已远，衣带日已缓"。柳词中的这两句言为思念而憔悴，虽憔悴而不悔，较之《古诗十九首》又更进一层。冯延巳《蝶恋花》有"日日花前常病酒，不辞镜里朱颜瘦"句，两相比较，意虽有相似，但境界、气象已是不同。王国维《人间词话》将这两句作为"古今之成大事业大学问"的第二重境界，看重的正是柳永在这首词中所创造的锲而不舍、执着如一的精神境界。消得，犹言值得。唐人崔涂《夷陵夜泊》："一曲巴歌半江月，便应消得二毛生。"柳永《尾犯》："一种劳心力，图利禄殆非长策。除是恁，点检笙歌，访寻罗绮消得。"

采莲令^①月华收

柳 永

月华收^②，云淡霜天曙^③。西征客、此时情苦。翠娥执手送临歧^④，轧轧开朱户^⑤。千娇面、盈盈伫立^⑥，无言有泪^⑦，断肠争忍回顾。

一叶兰舟，便恁急桨凌波去^⑧。贪行色、岂知离绪^⑨。万般方寸，但饮恨，脉脉同谁语^⑩。更回首、重城不见，寒江天外，隐隐两三烟树。

注释

①《文献通考》卷一百四十六：宋朝循旧制，教坊凡四部。皇帝曲宴游幸，教坊所奏乐凡十八调四十大曲，其中第九调为双调，其中有曲，名为"采莲"。可知"采莲令"亦本于教坊曲。此调为

孤调，仅存柳永词一首。这是一首别情词，词中描写了一对有情人惜别时的缠绵，及别后细密的情思。其间景语情语错落编织，不辨彼此，情韵悠远。

②月华收：言月已落，而天将明。月华，月光、月色。南朝梁江淹《杂体诗·效王微〈养疾〉》："清阴往来远，月华散前墀。"

③云淡霜天曙：孟浩然有句"微云淡河汉，疏雨滴梧桐"，一时叹为清绝。张元干《芦川词》："月淡霜天，今夜空清坐。"句意与此仿佛。曙，天明。

④临歧：行至岔路口。古诗中常用"歧路"表现朋友分别的场景。王勃《送杜少府之任蜀州》："无为在歧路，儿女共沾巾。"高适《别韦参军》："丈夫不作儿女别，临歧涕泪沾衣巾。"皆是。

⑤轧轧：象声词。开门声。

⑥千娇面、盈盈伫立：柳永《玉女摇仙佩》"争如这多情，占得人间，千娇百媚"。盈盈，言女子体态轻盈。《古诗十九首》："盈盈楼上女，皎皎当窗牖。"

⑦无言有泪：柳永《雨霖铃》中"执手相看泪眼，竟无语凝噎"，意同此。

⑧凌波：在水面上行走。汉庄忌《哀时命》："势不能凌波以径度兮，又无羽翼而高翔。"

⑨行色：行旅出发前后的情状、气派。刘因《临江仙》："行色匆匆缘底事，山阳梅信相催。"

⑩脉脉同谁语：《古诗十九首》中有"盈盈一水间，脉脉不得语"句，此处化用此句。

少年游① 长安古道马迟迟

柳 永

长安古道马迟迟②，高柳乱蝉嘶③。夕阳岛外④，秋风原上，目断四天垂⑤。

归云一去无踪迹⑥，何处是前期？狎兴生疏⑦，酒徒萧索，不似去年时。

①少年游，最早见于晏殊的《珠玉词》，因其中有"长似少年时"句，于是以"少年游"取为调名。又名小阑干、玉腊梅枝。这首词可能是柳永晚年之作，词以"少年游"为名，对少年快意的光阴却不着一字，只是从衰飒、颓唐的晚景写入，有追思，有悔恨，有迷惘。

②长安古道马迟迟：长安古道向来是追名逐利之途，自古而今，车轮辐辏，从不稍歇。陈德武《望海潮》："长安古道长亭，叹马蹄不住，车辙难停。"杨慎《瑞龙吟》："记曲江池上，长安古道，多少愁落愁开，风横雨暴，沉吟无语时，把朱阑靠。"据考，柳永曾有长安之行。马迟迟：言人心萧散失意之至。白居易《立秋日登乐游园》："独行独语曲江头，回马迟迟上乐游。萧飒凉风与衰鬓，谁教计会一时秋。"

③乱蝉嘶：即乱蝉噪。不用鸣、吟、唱来形容蝉的叫声，而着一个"嘶"字，说明词人心境的烦躁。元稹《哭子十首》（其一）："独在中庭倚闲树，乱蝉嘶噪欲黄昏。"

④岛外：犹方外、世外，具体说可以是京城、闹市之外，抽象说可以是世俗礼法之外。罗隐《出试后投所知》："岛外音书应有意，眼前尘土渐无情。"齐己《道林寺居寄岳麓禅师二首》（其一）："山衲不称下红尘。各是闲居岛外身。"贯休《题一上人经阁》："岛外何须去，衣如藓亦从。但能无一事，即是住孤峰。"

⑤秋风原上，目断四天垂：原，为长安南郊的乐游原。唐时为长安士女游赏的胜地。李白《登乐游园望》诗："独上乐游园，四望天日曛。"其后一句与"目断四天垂"摹画相似。梅尧臣《闻永叔出守同州寄之》："访古寻碑可销日，秋风原上足麒麟。"此"秋风原上"指的就是乐游原。

23

⑥归云一去无踪迹：参见晏几道《鹧鸪天》"凭谁问取归云信，今在巫山第几峰"。

⑦狎兴：狎游的兴致。

玉蝴蝶①望处雨收云断

柳 永

望处雨收云断，凭阑悄悄，目送秋光。晚景萧疏②，堪动宋玉悲凉。水风轻，蘋花渐老③；月露冷、梧叶飘黄。遣情伤。故人何在，烟水茫茫。

难忘，文期酒会④，几孤风月⑤，屡变星霜⑥。海阔山遥，未知何处是潇湘⑦。念双燕、难凭远信，指暮天、空识归航。黯相望，断鸿声里，立尽斜阳。

注 释

①又名玉蝴蝶慢，此调有小令、长调两体，小令始于温庭筠，见《花间集》；长调始于柳永，见《乐章集》。在柳永的词作中，男女恋情是最常见的一种抒情形态。这首《玉蝴蝶》呈现给我们的却是不同于浅斟低唱的别一种感情，即友情。正如晓川《影殊词话》中所云：这首词，"凄怆之怀，衰飒之景，交相融注，所感甚大。不止于偎红倚翠矣"。

②萧疏：有寂寞、凄凉之意。

③蘋花：夏秋季开的一种白色小花。

④文期酒会：指文人雅集。

⑤孤：辜负。

⑥星霜：星辰运转，一

年一循环，寒霜秋降，一年一轮回。一星霜即一年。

⑦潇湘：古水名，在今湖南省。此借指所思之处。

八声甘州①对潇潇暮雨洒江天

柳 永

对潇潇暮雨洒江天，一番洗清秋。渐霜风凄紧②，关河冷落③，残照当楼。是处红衰翠减④，苒苒物华休⑤。惟有长江水，无语东流。

不忍登高临远，望故乡渺邈⑥，归思难收⑦。叹年来踪迹，何事苦淹留？想佳人、妆楼颙望⑧，误几回、天际识归舟⑨。争知我、倚阑干处，正恁凝愁⑩。

注 释

①《甘州》为唐教坊大曲，杂曲中也有《甘州子》，属边塞曲。《八声甘州》是从大曲《甘州》改制而成，由于整首词共八韵，故称《八声甘州》，尽管规模比大曲《甘州》小了很多，但仍属慢词。这首词通过描写羁旅行役之苦，表达了强烈的思归情绪，语浅而情深。开头两句写雨后江天，澄澈如洗。复由苍莽悲壮，而转入细致沉思。下片词人推己及人，本是自己登高远眺，却偏想故园之闺中人，应也是登楼望远，伫盼游子归来。整首词结构细密，写景抒情融为一体，以铺叙见长。

②霜风：刺骨的寒风。庾信《卫王赠桑落酒奉答》诗："霜风乱飘叶，寒水细澄沙。"

③关河：泛指关塞河川。《后汉书·荀彧传》："此实天下之要地，而将军之关河也。"

④红衰翠减：指花凋叶落。李商隐《赠荷花》："此花此叶长相映，翠减红衰愁煞人。"

⑤苒苒：渐渐。物华休：景物凋残。

⑥渺邈：遥远。

⑦归思：归家的心情。

⑧颙望：举首凝望。唐李赤《望夫山》诗："颙望临碧空，怨情感离别。"

⑨天际识归舟：此句化自谢朓《之宣城郡出新林浦向板桥》："江路西南永，归流东北骛。天际识归舟，云中辨江树。"

⑩恁：如此。

竹马子① 登孤垒荒凉

柳　永

登孤垒荒凉，危亭旷望，静临烟渚。对雌霓挂雨②，雄风拂槛③，微收残暑。渐觉一叶惊秋④，残蝉噪晚，素商时序⑤。览景想前欢，指神京，非雾非烟深处。

向此成追感，新愁易积，故人难聚。凭高尽日凝伫。赢得消魂无语⑥。极目霁霭霏微⑦，暝鸦零乱，萧索江城暮⑧。南楼画角，又送残阳去。

注　释

①宋叶梦得《石林词》中又名竹马儿。这首词是词人漫游江南时抒写的离情别绪之作，起片写古垒残壁与酷暑新凉，抒写了壮士悲秋的感慨，景象雄浑苍凉。次片由写景转向抒情，表现了思念故人的痛苦情绪。全词一脉相承，严谨含蓄。

②雌霓：虹双出，色鲜艳者为雄，色暗淡者为雌，雄曰虹，雌曰霓。

③雄风：猛烈的风。宋玉《风赋》："此所谓大王之雄风也。"

④一叶惊秋：《淮南子·说山》有"见一叶落而知岁之将暮"。

⑤素商：秋日。因为秋色尚白，音属商，故名。梁元帝《纂要》："秋日素商，亦曰高商。"

⑥赢得：剩得。消魂：即销魂。江淹《别赋》："黯然销魂者，唯别而已矣。"

⑦霁霭：晴天的烟雾。

⑧萧索：萧条。

桂枝香①金陵怀古

王安石

登临送目②。正故国晚秋③，天气初肃④。千里澄江似练⑤，翠峰如簇。归帆去棹残阳里⑥，背西风、酒旗斜矗。彩舟云淡，星河鹭起⑦，画图难足。

念往昔、繁华竞逐。叹门外楼头⑧，悲恨相续⑨。千古凭高，对此谩嗟荣辱。六朝旧事随流水⑩，但寒烟衰草凝绿。至今商女，时时犹唱《后庭》遗曲⑪。

注 释

①五代王定保《唐摭言》卷三："裴思谦状元及第后，作红笺名纸十数，诣平康里，因宿于里中。诘旦，赋诗曰：'银釭斜背解鸣珰，小语偷声贺玉郎。从此不知兰麝贵，夜来新惹桂枝香。'"据《填词名解》，《桂枝香》调名即本于此。因张辑词有"疏帘淡月"句，所以又名《疏帘淡月》。这首词为荆公晚年退居金陵，凭览怀古之作。上片写景，斜阳映照，帆风樯影，酒肆青旗，好一幅故国晚秋图。下片感叹六朝相继覆亡的史实。结语用商女犹唱《后庭花》一典，振起全篇，嗟叹之意，千古弥永。

②送目：注视。南朝齐王融《和南海王殿下咏秋胡妻诗》之五："送目乱前华，驰心迷旧婉。"

③故国：指金陵，今江苏南京。

④肃：肃杀。形容秋高气爽。

⑤千里澄江似练：谢朓《晚登三山还望京邑》有"余霞散成

绮，澄江静如练"句。

⑥棹：船桨。此以"归帆去棹"指代来往船只。

⑦星河：银河。比喻长江。

⑧门外楼头：语本杜牧《台城曲》诗"门外韩擒虎，楼头张丽华"，这里借隋将灭陈，泛指六朝的终结。

⑨悲恨相续：指南朝各朝代相继覆亡。

⑩六朝：指吴、东晋、宋、齐、梁、陈。

⑪《后庭》遗曲：陈后主作《玉树后庭花》曲，其词靡丽哀怨，后人称之为"亡国之音"。杜牧《夜泊秦淮》诗有"商女不知亡国恨，隔江犹唱后庭花"句。

千秋岁引^①秋景

王安石

别馆寒砧^②，孤城画角。一派秋声入寥廓^③。东归燕从海上去，南来雁向沙头落。楚台风^④，庾楼月^⑤，宛如昨。

无奈被些名利缚。无奈被他情担阁^⑥。可惜风流总闲却。当初谩留华表语^⑦，而今误我秦楼约。梦阑时^⑧，酒醒后，思量著。

注释

①《词谱》以王安石这首词为正调。复据《词谱》：《高丽史·乐志》作《千秋岁令》，李冠词名《千秋万岁》。这首词通过对

28

秋景的赋写，抒发了曾被名利耽搁了的归隐之志。上片写秋景，下片言情。结句处又宕开一笔，说梦回酒醒的时候，每每思量此情此景。此可视为作者历尽沧桑后的幡然省悟。

②别馆：客馆。寒砧：寒秋的捣衣声。砧，捣衣石。诗词中常用以描写秋景的冷落萧条。唐沈佺期《古意呈补阙乔知之》诗："九月寒砧催木叶，十年征戍忆辽阳。"

③寥廓：旷远，广阔。

④楚台风：据宋玉《风赋》载，楚王游于兰台，有风飒然而来，楚王披襟而当之。

⑤庾楼月：《世说新语·容止》载，庾亮镇守武昌，曾与佐吏于秋夜登南楼吟咏。后以庾楼泛指楼阁。此云庾亮南楼之月。

⑥担阁：耽误。

⑦谩：白白地。华表语：据《搜神后记》载，辽东人丁令威学仙得道，化鹤归来，落在城门华表柱上，有青年欲射之，鹤盘旋空中，唱道："有鸟有鸟丁令威，去家千年今日归。城郭如旧人民非，何不学仙冢累累。"

⑧阑：尽。

清平乐①春晚

王安国

留春不住。费尽莺儿语。满地残红宫锦污②，昨夜南园风雨③。小怜初上琵琶④。晓来思绕天涯。不肯画堂朱户⑤，春风自在杨花。

注释

①这首词为惜春之作。上片写景，莺语间关，却留春不住，徒留下一窗风雨，满地残红。下片由惜春、惜花引入惜人。歌女小怜，技艺初成，弦语铮铮，可使闻者夜不成寐，她本可以依附权

贵,享尽荣华,然而她的理想却在深宅大院之外的大自然里。结合上下两片,词人似乎在告诉我们:春之难留亦如小怜之难留,如果说春之难留带给人的是感伤,那么面对去意已决的小怜,人们只有欣羡。

②宫锦:宫中所制的锦缎。

③南园:泛指园圃。晋张协《杂诗》之八:"借问此何时,胡蝶飞南园。"

④小怜:指齐后主宠妃冯小怜,善弹琵琶。

⑤画堂朱户:达官贵人的家。

临江仙① 梦后楼台高锁

晏几道

梦后楼台高锁,酒醒帘幕低垂。去年春恨却来时。落花人独立,微雨燕双飞②。

记得小蘋初见③,两重心字罗衣④。琵琶弦上说相思⑤。当时明月在,曾照彩云归⑥。

注释

①这是一首感旧怀人之作。词之上片写"春恨",描绘梦后酒醒、落花微雨的情景。下片写相思,追忆"初见"及"当时"的情状,表现词人苦恋之情、孤寂之感。词人怀人的同时,也抒发了人世无常、欢娱难再的淡淡哀愁。

②"落花"二句:语本五代翁宏《春残》诗"又是春残也,如何出翠帏。落花人独立,微雨燕双飞"。

③小蘋:歌妓的名字。

④心字罗衣:用一种心字香熏过的罗衣。这里含有深情蜜意的双关意思。

⑤琵琶弦上说相思:与白居易《琵琶行》"低眉信手续续弹,

说尽心中无限事"取意相同。

⑥彩云归：李白《宫中行乐词》有"只愁歌舞散，化作彩云飞"句。又，白居易《简简吟》："大都好物不坚牢，彩云易散琉璃脆。"

蝶恋花① 梦入江南烟水路

晏几道

梦入江南烟水路。行尽江南，不与离人遇。睡里消魂无说处。觉来惆怅消魂误。

欲尽此情书尺素②。浮雁沉鱼③，终了无凭据。却倚缓弦歌别绪。断肠移破秦筝柱④。

注释

①上片写梦中无法寻觅到离人。"烟水路"三字写出江南景物特征，梦境尤为优美。下片写书信无从寄出，寄了也得不到回音。相思之情，无可弥补、无法表达，只好倚弦寄恨，无奈恨深弦急促，移遍筝柱不成调。

②尺素：古人将书信写在尺许长的绢帛上，故以尺素代指书信。

③浮雁沉鱼：古人认为鱼、雁能够传书，雁浮鱼沉，书信便无从传递。

④移破：移遍。秦筝：古秦地所用的一种弦乐器。岑参《秦筝歌送外甥萧正归京》诗："汝不闻秦筝声最苦，五色缠弦十三柱。"

蝶恋花① 醉别西楼醒不记

晏几道

醉别西楼醒不记。春梦秋云，聚散真容易②。斜月半窗还少睡。画屏闲展吴山翠③。

衣上酒痕诗里字④。点点行行，总是凄凉意。红烛自怜无好计。夜寒空替人垂泪⑤。

注释

①这首词为离别感忆之作。上片回忆醉别西楼，醒后却浑然不记。只有斜月半窗，映照画屏。词人不觉感叹，人生聚散如春梦秋云，顷刻间消逝，无影无踪。下片写词人酒醒后，意绪烦乱，检点故人旧物，徒增凄凉，唯有红烛垂泪相伴。

②春梦秋云，聚散真容易：化用乃父晏殊《木兰花》"长于春梦几多时，散似秋云无觅处"词意。而晏殊则化用白居易《花非花》诗："来如春梦不多时，去似秋云无觅处。"

③吴山翠：指画屏上描绘的江南风景。

④酒痕：酒滴的痕迹。岑参《奉送贾侍御史江外》诗："荆南渭北难相见，莫惜衫襟着酒痕。"

⑤夜寒空替人垂泪：化用杜牧《赠别》"蜡烛有心还惜别，替人垂泪到天明"诗意。

生查子① 金鞭美少年

晏几道

金鞭美少年，去跃青骢马②。牵系玉楼人，绣被春寒夜。

消息未归来，寒食梨花谢。无处说相思，背面秋千下③。

注 释

①生查子，唐教坊曲名，敦煌曲子词中有此调。该调文人词当以晚唐诗人韩偓为最早。《词苑丛谈》云："查，古槎字，张骞乘槎（往天河）事也。"聊备一说。又名《陌上郎》《梅和柳》《楚云深》《愁风月》等。这首词抒写了女主人公的相思怀人之情。词之上片写少年出游，下片写闺中相思，词中通过环境、景物描写来烘托人物的感情。

②青骢马：毛色青白相杂的骏马。

③背面秋千下：化用李商隐诗《无题二首》其一"十五泣春风，背面秋千下"。

生查子①关山魂梦长

王 观

关山魂梦长，塞雁音书少。两鬓可怜青②，一夜相思老。
归傍碧纱窗，说与人人道③。真个别离难，不似相逢好。

注 释

①这首词刻画了一位痴心公子的痴情痴语。上片摹写这位痴公子离家远游的经历，满篇皆是怨情：埋怨关山归梦长，埋怨家中音书少，埋怨白发只为相思生。下片这位痴公子期待爱人入梦，在梦中也还是埋怨：离别真的很难熬，相逢的日子

真是好。

②青：白色。

③人人：为宋时口语，指所爱的人。欧阳修《蝶恋花》词："翠被双盘金缕凤。忆得前春，有个人人共。"

清平乐① 留人不住

晏几道

留人不住。醉解兰舟去。一棹碧涛春水路。过尽晓莺啼处。

渡头杨柳青青。枝枝叶叶离情②。此后锦书休寄③，画楼云雨无凭④。

注　释

①这是一首离情词。上片女子殷殷挽留，男子乘醉而别，都是为情。碧涛晓莺，应是女子意中之幻，而非男子眼前之景。过片两句方是女子眼前之景，杨柳青青，枝叶关情，景语情语，打成一片。末两句，陡然转折，以怨写爱，因多情而生绝望，绝望恰表明不忍割舍之情怀。

②"渡头杨柳青青"二句：从刘禹锡《竹枝词》"杨柳青青江水平，闻郎江上唱歌声。东边日出西边雨，道是无情却有情"中化出。

③锦书：即锦字书。《晋书》载，前秦窦滔妻苏蕙寄给丈夫锦字回文诗。后多用以指情书。

④云雨无凭：用宋玉《高唐赋》写神女的典故，指行踪不定。

阮郎归^① 旧香残粉似当初

晏几道

旧香残粉似当初。人情恨不如。一春犹有数行书。秋来书更疏^②。

衾凤冷^③，枕鸳孤^④。愁肠待酒舒。梦魂纵有也成虚^⑤。那堪和梦无。

注 释

①《神仙记》云："刘晨、阮肇入天台山采药，遇二仙女，留住半年，思归甚苦。既归，则乡邑零落，经已十世。"调名本此。又名《碧桃春》、《醉桃源》、《濯缨曲》、《宴桃源》等。这首词抒写思妇积思成怨的幽怀别绪。上片起首两句将物与人比照来写，物仍故物，香犹故香，而离去之人的感情，却经不起考验，逐渐淡薄，今不如昔了。下片转而叙述女子夜间的愁思，抒写其处境的凄凉、相思的痛苦。

②疏：少。

③衾凤：绣着凤凰的被子。

④枕鸳：绣有鸳鸯的枕头。

⑤梦魂：离开肉体的灵魂。唐刘希夷《巫山怀古》诗："颓想卧瑶席，梦魂何翩翩。"晏几道《鹧鸪天》词："春悄悄，夜迢迢，碧云天共楚官遥。梦魂惯得无拘检，又踏杨花过谢桥。"

虞美人^① 曲阑干外天如水

晏几道

曲阑干外天如水^②。昨夜还曾倚。初将明月比佳期。长向月圆时候、望人归。

罗衣著破前香在。旧意谁教改。一春离恨懒调弦。犹有两行闲泪、宝筝前。

注 释

①虞美人，原为唐教坊曲名，后用为此调。原本用于吟咏项羽宠妃虞姬，调名也由此而来。这首词为怀人怨别之作。上片描述女主人公倚阑望月、盼人归来之情。下片抒写女子不幸被弃之恨，与上片的真诚信托、痴情等待形成强烈的反差。

②天如水：语本柳永《二郎神》词"乍露冷风清庭户，爽天如水，玉钩遥挂"。可参看唐赵嘏《江楼旧感》："独上江楼思渺然，月光如水水如天。同来望月人何处，风景依稀似去年。"

水调歌头①明月几时有

苏 轼

丙辰中秋，欢饮达旦，大醉。作此篇，兼怀子由②。

明月几时有③？把酒问青天。不知天上宫阙，今夕是何年④。我欲乘风归去，惟恐琼楼玉宇⑤，高处不胜寒。起舞弄清影，何似在人间。

转朱阁，低绮户⑥，照无眠。不应有恨，何事长向别时圆？人有悲欢离合，月有阴晴圆缺，此事古难全。但愿人长久，千里共婵娟⑦。

注 释

①《历代诗馀》卷五十八："《水调》，隋唐时曲名。《水调歌》者，一曲之名。如称《河传》曰《水调河传》。蜀王衍泛舟阆中，亦自制《水调银汉曲》是也。歌头，又曲之始音，如《六州歌头》、《氐州第一》之类。姜夔填此词名为《花犯》、《念奴》，吴文英名

为《江南好》，皆此调也。一名《凯歌》。"复据《词谱》卷二十三：
"《水调》，乃唐人大曲。凡大曲有歌头，此必裁截其歌头，另倚新
声也。"这是一首广为传颂的中秋词。上片表现词人由超尘出世到
热爱人生的思想活动，侧重写天上。下片融写实为写意，化景物为
情思，表现词人对人世间悲欢离合的解释，侧重写人间。词人俯仰
古今变迁，感慨宇宙流转，渗入了浓厚的哲学意味，揭示了睿智的
人生理念。宋胡仔《苕溪渔隐丛话》后集卷三十九："中秋词，自
东坡《水调歌头》一出，余词尽废。"

②丙辰中秋：宋神宗熙宁九年（1076）八月十五日。子由：作
者之弟苏辙，字子由。

③明月几时有：借用李白《把酒问月》"青天有月来几时？我
今停杯一问之"诗意。

④不知天上宫阙，今夕是何年：《周秦行记》载牛僧孺诗"香
风引到大罗天，月地云阶拜洞仙。共道人间惆怅事，不知今夕是何
年"。天上宫阙，指月宫。

⑤琼楼玉宇：想象月宫中晶莹瑰丽的楼台殿阁。

⑥低绮户：月光移入彩绘雕花的门窗。

⑦婵娟：指代明月。末二句化用谢庄《月赋》"隔千里兮共明
月"句。

水龙吟①次韵章质夫杨花词②

苏 轼

似花还似非花，也无人惜从教坠。抛家傍路，思量却是，无情
有思③。萦损柔肠，困酣娇眼，欲开还闭。梦随风万里，寻郎去处，
又还被莺呼起④。

不恨此花飞尽，恨西园、落红难缀。晓来雨过，遗踪何在？一
池萍碎⑤。春色三分，二分尘土，一分流水。细看来，不是杨花，
点点是离人泪。

注释

①调名取自李白诗《宫中行乐词八首》其三："笛奏龙吟水，箫鸣凤下空。"《词谱》以苏轼这首词为正调。这是东坡少有的婉约风格的咏物词作。词人藉暮春之际"抛家傍路"的杨花，化"无情"之花为"有思"之人，"直是言情，非复赋物"，幽怨缠绵而又空灵飞动地抒写了带有普遍性的离愁。王国维《人间词话》："咏物之词，自以东坡《水龙吟》为最工。"

②章质夫：名楶，字质夫，浦城（今属福建省）人。曾作《水龙吟》咏杨花，苏轼依章词原韵唱和，故称"次韵"。

③无情有思：前代诗人，有的说杨花无情，如韩愈《晚春》诗"杨花榆荚无才思"。有的说杨花有情，如杜甫《白丝行》诗"落絮游丝亦有情"。

④"梦随"三句：唐金昌绪《春怨》"打起黄莺儿，莫教枝上啼。啼时惊妾梦，不得到辽西"句意相似。

⑤萍碎：苏轼自注："杨花落水为浮萍，验之信然。"此说并无科学根据，是词人的误解。

念奴娇① 赤壁怀古②

苏　轼

大江东去，浪淘尽，千古风流人物。故垒西边，人道是，三国周郎赤壁③。乱石穿空，惊涛拍岸，卷起千堆雪。江山如画，一时多少豪杰。

遥想公瑾当年，小乔初嫁了④，雄姿英发⑤。羽扇纶巾⑥，谈笑间、樯橹灰飞烟灭。故国神游⑦，多情应笑我，早生华发。人生如梦，一樽还酹江月⑧。

注释

①宋王灼《碧鸡漫志》：念奴娇，元微之《连昌宫词》云："力士传呼觅念奴，念奴潜伴诸郎宿。"自注云："念奴，天宝中名倡，善歌。每岁楼下酺宴，万众喧溢。严安之、韦黄裳辈，辟易不能禁，众乐为之罢奏。上遣高力士大呼楼上曰：'欲遣念奴唱歌，使二十五郎吹小管逐，看人能听否？'皆悄然奉诏。岁幸温汤，时巡东洛，有司潜遣从行而已。"《天宝遗事》云："念奴有色，善歌，宫伎中第一，帝尝曰：'此女眼色媚人。'又云：'念奴每执板当席，声出朝霞之上。'"今大石调《念奴娇》，世以为天宝间所制曲。予固疑之，然唐中叶渐有今体慢曲子。而近世有填连昌辞入此曲者，后复转此曲入道调宫，又转入高宫大石调。这是一首怀古词作，也是宋代豪放词的代表之作。上片即景抒情，将读者带入历史的沉思之中，唤起人们对人生的思索，气势恢弘，笔大如椽。下片刻画周瑜的丰姿潇洒、韶华似锦、年轻有为，足以令人艳美。继而感慨身世，言生命短促，人生无常，深沉、痛切地发出了年华虚掷的悲叹。

②赤壁怀古：宋神宗元丰五年（1082）七月在黄州（今湖北省黄冈市）游赤壁矶后作。

③周郎：三国时吴将周瑜，字公瑾。吴主孙策授以"建威中郎将"时年仅二十四岁，吴中呼为周郎。

④小乔：据《三国志》载，周瑜从孙策攻皖，得乔公二女，皆国色也。策自纳大乔，瑜纳小乔。

⑤英发：神采焕发。

⑥羽扇纶巾：据《演繁露》载，诸葛亮与司马懿将决战于渭水边，诸葛亮扎着葛布制作的头巾，摇着白色羽毛扇，指挥三军。后以此形容儒将的装束，表现其指挥若定，潇洒从容。此处指周瑜。

⑦神游：心神向往，如亲游其境。《列子·黄帝》："昼寝而梦游于华胥氏之国。华胥氏之国在弇州之西，台州之北，不知斯齐国

几千万里，盖非舟车足力之所及，神游而已。"南朝梁沈约《谢齐竟陵王教撰〈高士传〉启》："迹屈岩廊之下，神游江海之上。"

⑧酹：以酒洒地，表示祭奠。

卜算子① 黄州定惠院寓居作②

苏 轼

缺月挂疏桐，漏断人初静③。谁见幽人独往来④，飘渺孤鸿影。惊起却回头，有恨无人省。拣尽寒枝不肯栖，寂寞沙洲冷。

注释

①清万树《词律》云：唐骆宾王诗用数目名，人谓之卜算子。宋黄庭坚词有"似挟着，卖卜算"句。词调名称盖缘于此。又名《百尺楼》、《楚天遥》。《词谱》以苏轼《卜算子》"缺月挂疏桐"为正体，所以《缺月挂疏桐》也是《卜算子》又名。词中借月夜孤鸿这一形象托物寓怀，表达了词人孤高自许、蔑视流俗的心境。黄庭坚评此词道："语意高妙，似非吃烟火食人语，非胸中有万卷书，笔下无一点尘俗气，孰能至此！"

②黄州：今湖北省黄冈市。

③漏断：漏壶水已滴尽，表示夜深。

④幽人：隐居之人。苏轼《定惠院寓居月夜偶出》诗："幽人无事不出门，偶逐东风转良夜。"

临江仙① 夜饮东坡醒复醉

苏 轼

夜饮东坡醒复醉，归来仿佛三更。家童鼻息已雷鸣。敲门都不应，倚杖听江声。

长恨此身非我有②，何时忘却营营③。夜阑风静縠纹平④。小舟从此逝，江海寄余生。

注　释

①东坡黄州之贬第三年，深秋之夜于雪堂畅饮，醉后返归临皋。这首词正是写当时的情景。上片以动衬静，以有声衬无声，家僮如雷的鼻息和远处的江声，衬托出夜静人寂的境界，从而烘托出词人心事之浩茫和心情之孤寂。下片以一种透彻了悟的哲理思辨，表达出一种对出处去留，无所适从的困惑和对人生的无限感伤，读来震撼人心。

②长恨此身非我有：据《庄子》载，舜问于丞曰："道可得而有乎？"丞曰："汝身非汝有也，汝何得有夫道。"此借指仕宦之人不自由。

③营营：为功名利禄奔波。唐张九龄《上封事》："欲利之心，日夜营营。"

④縠纹：指细微的水波。苏轼《和张昌言喜雨》："禁林夜直鸣江濑，清洛朝回起縠纹。"

江城子①乙卯正月二十日夜记梦②

苏　轼

十年生死两茫茫，不思量。自难忘。千里孤坟③，无处话凄凉。纵使相逢应不识，尘满面、鬓如霜④。

夜来幽梦忽还乡，小轩窗。正梳妆。相顾无言，惟有泪千行。料得年年肠断处，明月夜、短松冈。

注　释

①清李良年《词家辩证》："南唐张泌有《江城子》二阕。"五

41

少年读宋词三百首

代欧阳炯用此调填词，词中有"如西子镜，照江城"句，犹含本意。唐词为单调，宋人演为双调。又名《江神子》、《村意远》、《水晶帘》等。夫妻生死永诀，转瞬十载，不需思量，只因时时忆念。最可悲的是，这对恩爱夫妻面对的不只是幽冥之隔，更有空间的阻隔。身处密州的苏轼，却不能到妻子的坟前祭奠、倾诉，一个"孤"字，多少凄凉。下片记梦，羁縻于宦海的词人，只能梦中还乡，见到久别的妻子，还是十年前的模样，久别重逢当有千言万语，而词人当此之时，只有泪流满面。整首词凄情满怀，"有声当彻天，有泪当彻泉"（陈师道语）。

②乙卯正月：本篇为宋神宗熙宁八年（1075）正月，作者在密州悼念亡妻王弗而作。王弗，眉州青神人。十六岁嫁与苏轼，二十七岁时病亡。从王弗逝世（1065）到作者作此词正好十年。

③千里孤坟：此时作者在密州（今山东省诸城县），王弗葬于眉山东北（今四川省彭山县）苏洵夫妇墓旁，两地相距何止千里。

④鬓如霜：言两鬓斑白。白居易《闻龟儿咏诗》："莫学二郎吟太苦，才年四十鬓如霜。"

贺新郎①夏景

苏 轼

乳燕飞华屋②。悄无人、桐阴转午③，晚凉新浴。手弄生绡白团扇，扇手一时似玉。渐困倚、孤眠清熟。帘外谁来推绣户，枉教人、梦断瑶台曲④。又却是、风敲竹。

石榴半吐红巾蹙⑤。待浮花、浪蕊都尽，伴君幽独。秾艳一枝细看取⑥，芳心千重似束。又恐被、秋风惊绿。若得得君来向此，花前对酒不忍触。共粉泪、两簌簌⑦。

注释

①清毛先舒《填词名解》谓此调为苏轼首创。因苏词中有"晚凉新浴"句，故名《贺新凉》，后误"凉"为"郎"，调名盖本此。又名《金缕曲》、《金缕歌》、《金缕词》、《风敲竹》、《乳燕飞》、《貂裘换酒》等。这是一首抒写闺怨的双调词，上片写美人，下片掉转笔锋，专咏榴花，借花取喻，时而花人并列，时而花人合一。作者赋予词中的美人、榴花以孤芳高洁、自伤迟暮的品格和情感，这两个美好的意象中渗透进自己的人格和感情。词中写失时之佳人，托失意之情怀；以婉曲缠绵的儿女情肠，寄慷慨郁愤的身世之感。

②乳燕飞华屋：宋赵彦卫《云麓漫抄》卷四："东坡长短句《贺新郎》词云：'乳燕飞华屋'尝见其真迹，乃'栖华屋'。"

③转午：天已到午后。

④瑶台：传说中神仙居住的地方。

⑤蹙：褶皱。

⑥秾艳：艳丽。

⑦簌簌：坠落貌。

鹧鸪天① 座中有眉山隐客史应之和前韵即席答之

黄庭坚

黄菊枝头生晓寒。人生莫放酒杯干。风前横笛斜吹雨，醉里簪花倒着冠。

身健在，且加餐②。舞裙歌板尽清欢。黄花白发相牵挽③，付与时人冷眼看④。

①此为宴席间互相酬唱之作。上片是劝酒之辞，劝别人，也劝自己到酒中去求安慰，到醉中去求欢乐。下片则是对世俗的侮慢与挑战。整首词词人采取自乐自娱、放浪形骸、侮世慢俗的方式来发泄心中郁结的愤懑与不平，对现实中的政治迫害进行调侃和抗争，体现了词人挣脱世俗约束的理想。

②加餐：《古诗十九首》有"弃捐勿复道，努力加餐饭"句。李白《代佳人寄翁参枢先辈》："直是为君餐不得，书来莫说更加餐。"

③黄花：同黄华，指未成年人。白发：指老年人。

④冷眼：轻蔑的眼光。

定风波① 次高左藏使君韵

黄庭坚

万里黔中一漏天②。屋居终日似乘船。及至重阳天也霁。催醉。鬼门关外蜀江前③。

莫笑老翁犹气岸④。君看。几人黄菊上华颠。戏马台南追两谢⑤。驰射。风流犹拍古人肩⑥。

①这首词为词人贬谪黔州期间的作品。上片首二句写黔中气候，以明贬谪环境之恶劣。下三句一转，重阳放晴，登高痛饮。久雨得晴，又适逢佳节，可谓喜上加喜，遂逼出"催醉"二字。过片三句承上意写重阳簪菊的风俗，以老翁自居的词人也将黄花插上满是白发的头上，这种不入俗眼的举止，现出一种不服老的气概。最后三句是高潮，词人不但饮酒赏菊，还要骑马射箭，其气概直追古时的风流人物。

②黔中：四川一带。漏天：天似泄漏一般，比喻雨水多。

③鬼门关：古代关名。

④气岸：气概。李白《流夜郎赠辛判官》诗："气岸遥凌豪士前，风流肯落他人后。"

⑤戏马台：在徐州，项羽所筑。两谢：指晋宋间文学家谢灵运和其族兄谢瞻，两人均有《九日从宋公戏马台集送孔令诗》。

⑥拍肩：比肩，追踪的意思。郭璞《游仙诗》："右拍洪崖肩。"

望海潮①洛阳怀古

秦　观

梅英疏淡，冰澌溶泄②，东风暗换年华。金谷俊游③，铜驼巷陌④，新晴细履平沙。长记误随车⑤。正絮翻蝶舞，芳思交加。柳下桃蹊，乱分春色到人家。

西园夜饮鸣笳⑥。有华灯碍月，飞盖妨花。兰苑未空，行人渐老，重来是事堪嗟⑦。烟暝酒旗斜。但倚楼极目，时见栖鸦。无奈归心，暗随流水到天涯。

注　释

①调见柳永《乐章集》。钱塘自古为观海潮的胜地，调名大约取意于此。为《词苑丛谈》卷七："柳耆卿与孙相何为布衣交，孙知杭，门禁甚严，耆卿欲见之不得，作《望海潮》词，往谒名妓楚楚曰：'欲见孙相，恨无门路，若因府会，愿朱唇歌之，若问谁为此词，但说柳七。'中秋夜会，楚宛转歌之，孙即席迎耆卿预坐。"这是一首怀旧之作。起片写初春景色：梅花渐落，河冰溶解，春天悄悄来了。继而写旧时游踪：前年上巳，适值新晴，游赏幽美名园，漫步繁华街道，缓踏平沙，快意无似。下片从美景而及饮宴，通宵达旦，尽情欢畅。"兰苑"二句，暗中转折，追忆前游，是事

可念，而"重来"旧地，则"是事堪嗟"，感慨至深。而今酒楼独倚，只见烟暝旗斜，暮色苍茫，既无飞盖而来之俊侣，也无鸣笳夜饮之豪情，极目所至，所见唯有栖鸦。当此之时，归今之心自然涌上心头。

②冰澌：冰块。

③金谷：金谷园。晋石崇所建别墅名园，常在此园中招待宾客，饮宴游玩。

④铜驼：汉代洛阳街名。街道两侧有铜驼相对立，故名。

⑤长记误随车：语出韩愈《游城南十六首》的《嘲少年》："直把春偿酒，都将命乞花。只知闲信马，不觉误随车。"以及张泌的《浣溪沙》："晚逐香车入凤城，东风斜揭绣帘轻，慢回娇眼笑盈盈。消息未通何计是？便须佯醉且随行，依稀闻道太狂生。"则都可作误随车的注释。

⑥西园夜饮鸣笳：暗指元祐三年苏轼、秦观等十七人在驸马都尉王诜家西园雅集之事。曹植《公燕》诗："清夜游西园，飞盖相追随。明月澄清景，列宿正参差。"

⑦是事：事事，每件事。

八六子① 倚危亭

秦 观

倚危亭。恨如芳草，萋萋刬尽还生②。念柳外青骢别后，水边红袂分时③，怆然暗惊④。

无端天与娉婷⑤。夜月一帘幽梦，春风十里柔情⑥。怎奈向、欢娱渐随流水，素弦声断⑦，翠绡香减⑧，那堪片片飞花弄晚，蒙蒙残雨笼晴。正销凝⑨。黄鹂又啼数声。

注 释

①调见《尊前集》中杜牧的作品。杜词全词八韵，以六字句为

主，调名可能取自此意。因秦观词有"黄鹂又啼数声"句，故又名《感黄鹂》。这首词抒写别后相思之苦。上片径由情入，一个"恨"字，如天风海雨，忽然而来。下片回溯别前之欢，追忆离后之苦，感叹现实之悲，委婉曲折，道尽心中一个"恨"字。

②刬：铲除。李煜《清平乐》："离恨恰如春草，更行更远还生。"

③红袂：红色衣袖。

④怆然：悲伤貌。

⑤娉婷：姿态美好貌。

⑥"夜月"二句：借用杜牧《赠别》诗句"娉娉袅袅十三余，豆蔻梢头二月初。春风十里扬州路，卷上珠帘总不如"。

⑦素弦声断：意谓分别后无心弹琴。

⑧翠绡香减：意谓分别后懒于修饰。

⑨销凝：因伤感而凝思出神。此二句化用杜牧《八六子》末句："正销魂，梧桐又移翠阴。"

满庭芳① 山抹微云

秦 观

山抹微云②，天连衰草，画角声断谯门③。暂停征棹，聊共引离尊。多少蓬莱旧事，空回首、烟霭纷纷。斜阳外，寒鸦万点，流水绕孤村④。

消魂。当此际，香囊暗解⑤，罗带轻分⑥。谩赢得、青楼薄幸名存⑦。此去何时见也，襟袖上、空惹啼痕。伤情处，高城望断，灯火已黄昏。

注释

①这首词写离情别绪。上片从绘景入笔，摹画离别场景，远山淡云，衰草接天，画角声声，此景已属凄清，当此离别之际，尤觉

不忍。词人于"山""云"之间着一"抹"字，出语新奇，别有意趣。继而转入叙事，引出饯别场景，并以景衬意，斜阳寒鸦，流水孤村，喻别后前程之迷惘。下片"消魂"二字，当空而来，拎出伤别题旨。以下数句直赋情事，坦陈心迹，一气贯之，酣畅淋漓。结句以景语收煞，含蓄萦回，韵味深长。

②抹：涂抹。词人另有《泗州东城晚望》诗："林梢一抹青如画，应是淮流转处山。"两者可参看。

③谯门：建有瞭望楼的城门。

④寒鸦万点，流水绕孤村：直接用隋炀帝断句诗："寒鸦千万点，流水绕孤村。"

⑤香囊：古代男子有佩香荷包风尚。

⑥罗带轻分：意谓分离。古人用罗带结成同心结象征相爱。

⑦"谩赢得"句：语本杜牧《遣怀》诗"十年一觉扬州梦，赢得青楼薄幸名"。

踏莎行①郴州旅舍

秦 观

雾失楼台，月迷津渡②。桃源望断无寻处③。可堪孤馆闭春寒④，杜鹃声里斜阳暮。

驿寄梅花⑤，鱼传尺素⑥。砌成此恨无重数。郴江幸自绕郴山，为谁流下潇湘去。

注 释

①这首词为词人贬谪郴州时所写。词中抒写了词人流徙僻远之地的凄苦失望之情和思念家乡的怅惘之情。上片以写景为主，描写了词人谪居郴州登高怅望时的所见和谪居的环境，但景中有情，表现了他苦闷迷惘、孤独寂寞的情怀。下片以抒情为主，写他谪居生活中的无限哀愁，偶尔也情中带景。

②津渡：渡口。

③桃源：陶渊明《桃花源记》所写的理想境界。杜甫《春日江村》："茅屋还堪赋。桃源自可寻。"

④可堪：哪堪。

⑤驿寄梅花：《太平广记》引《荆州记》曰："陆凯与范晔为友，在江南寄梅花一枝诣长安与晔，并赠诗云：'折梅逢驿使，寄与陇头人。江南无所有，聊赠一枝春。'"

⑥鱼传尺素：蔡邕《饮马长城窟行》诗有"客从远方来，遗我双鲤鱼。呼儿烹鲤鱼，中有尺素书"。两句指亲朋书信。

浣溪沙① 漠漠轻寒上小楼

秦 观

漠漠轻寒上小楼。晓阴无赖似穷秋②。淡烟流水画屏幽。
自在飞花轻似梦，无边丝雨细如愁。宝帘闲挂小银钩③。

注 释

①这是一首抒写淡淡春愁的词作。上片写景，漠漠轻寒，似雾如烟，春阴寒薄，使人感到郁闷无聊。环顾室内，画屏闲展：烟霭淡淡，流水轻轻。词作至此，眼前之景，画中之境，意中之情，三者交汇，亦幻亦真，亦虚亦实。下片正面描写春愁，飞花袅袅，飘忽不定；细雨如丝，迷迷蒙蒙，一派愁绪无边的景象。结语处提振

全篇，帘外愁境、帘内愁人，交相呼应，不言愁而愁自现。

②穷秋：深秋。

③宝帘：即珠帘。

鹧鸪天①枝上流莺和泪闻

秦 观

枝上流莺和泪闻。新啼痕间旧啼痕。一春鱼雁无消息②，千里关山劳梦魂③。

无一语，对芳尊。安排肠断到黄昏。甫能炙得灯儿了④，雨打梨花深闭门。

注 释

①这首词的作者归属有争议，今暂归秦观名下。上片起句"枝上"，《草堂诗馀》、《历代诗馀》、《词律》俱作"枕上"。若以下文之"啼痕"、"梦魂"和观，当以"枕上"为佳。上片径直抒情，抒情主人公园游子不归，杳无音信，遂积思成梦，梦中片刻的相聚，换来的却是梦醒后整夜的涕泪。拂晓时分，闻流莺鸣唱，感春日将尽，叹流年易逝，复又垂泪。下片写思妇终日面对相思的煎熬。把酒无语，独对黄昏，青灯枯坐，暗自垂泪。

②鱼雁：代指书信。

③千里关山劳梦魂：李白《长相思》有"天长路远

50

魂飞苦，梦魂不到关山难"。

④甫：刚刚。炙：烧。

绿头鸭①咏月

晁端礼

晚云收，淡天一片琉璃。烂银盘、来从海底②，皓色千里澄辉。莹无尘、素娥淡伫③，静可数、丹桂参差④。玉露初零⑤，金风未凛，一年无似此佳时。露坐久、疏萤时度，乌鹊正南飞⑥。瑶台冷，阑干凭暖，欲下迟迟。

念佳人、音尘别后，对此应解相思。最关情、漏声正永，暗断肠、花阴影移。料得来宵，清光未减，阴晴天气又争知。共凝恋、如今别后，还是隔年期。人强健，清尊素影，长愿相随。

注 释

①这首词写中秋赏月并寄远怀人。上片写月，晚云收尽，天空里现出一片琉璃般的色彩。接着，海底涌出了月轮，放出无边的光辉，继而描写月下的景色，美景良辰，使人流连。下片悬想远方佳人，同沐月色，一样相思，漏声相接、花影移动，料想明天夜月，清光未必减弱，至于是阴是晴，谁能预料呢？歇拍三句，与苏轼"但愿人长久，千里共婵娟"立意相同。有不尽之情，无衰飒之感。

②烂银盘、来从海底：语本卢仝《月蚀》诗"烂银盘从海底出，出来照我草屋东"。烂银，指月光。

③素娥：嫦娥。

④丹桂：传说月亮中有桂树。

⑤玉露：秋露。杜甫《秋兴八首》："玉露凋伤枫树林，巫山巫峡气萧森。"

⑥乌鹊正南飞：化用曹操《短歌行》"月明星稀，乌鹊南飞"。

蝶恋花① 欲减罗衣寒未去

赵令畤

欲减罗衣寒未去。不卷珠帘②，人在深深处③。残杏枝头花几许④。啼红正恨清明雨。

尽日沉烟香一缕⑤。宿酒醒迟⑥，恼破春情绪。远信还因归燕误⑦。小屏风上西江路。

注释

①这是一首闺中怀人之作。上片着重写闺中人不可名状的愁绪，约略可析为三层：春已至，而寒意未消，欲减衣，而时令不许，这是一层；春寒料峭，致使珠帘不卷，人困深闺，不得漫步庭园，这是一层；红杏满枝，繁花怒放，本可以尽情赏玩，不曾想清明时节，绵绵春雨，使得落红满地，一片狼藉，这又是一层。下片写闺中人终日独对香烟一缕，寂寞冷清、百无聊赖可想而知。枯坐愁城，无法排遣，唯有借酒浇愁，恨深酒多，以致一时难醒。经过层层渲染，至结片处，方揭出万愁之源：本希望春燕能给她带来远人消息，结果却是"飞燕又将归信误"，只留下她空对屏风，怅望不已。

②不卷珠帘：王昌龄《西宫春怨》："西宫夜景百花香，欲卷珠帘春恨长。"

③人在深深处：语出欧阳修《蝶恋花》"庭院深深深几许"句。

④残杏枝头花几许：化用宋祁《木兰花》"红杏枝头春意闹"句。

⑤沉烟香：即点燃的沉香。

⑥宿酒：隔夜残存的酒，残醉。

⑦远信还因归燕误：古有飞燕传书的故事。

风流子[1] 木叶亭皋下

张　耒

木叶亭皋下，重阳近、又是捣衣秋。奈愁人庾肠[2]，老侵潘鬓[3]，谩簪黄菊，花也应羞[4]。楚天晚、白苹烟尽处，红蓼水边头[5]。芳草有情，夕阳无语，雁横南浦，人倚西楼。

玉容知安否？香笺共锦字[6]，两处悠悠。空恨碧云离合，青鸟沉浮[7]。向风前懊恼，芳心一点，寸眉两叶，禁甚闲愁。情到不堪言处，分付东流。

注　释

①风流子，原为唐教坊曲名。据《词苑丛谈》，调名出自《文选》。《文选》刘良注曰：风流，言其风美之声流于天下，子者，男子之通称也。《花间集》收孙光宪《风流子》三首，不过规制要小，至宋才演为慢词。这是一首羁旅怀人之作。上片落笔写景，首先点明季节，时近重阳，捣衣声声，催人乡思，愁绪萦绕心中，白发现于鬓角，遥望楚天日暮，白苹尽头，红蓼深处，芳草有情，夕阳无语，雁阵横南浦而翱翔，远客倚西楼而怅惘。下片抒情，过片点明所思之人，揭示词旨所在。继而写游子对闺中人的怀想。并推己及人，设想闺中人怀念游子时的痛苦情状。结句：相思至极，欲说还休；反不如将此情付于东逝之水。

②庾肠：北周庾信初仕梁，后出使西魏，被留，羁旅北方，思念故乡，作《愁赋》。后以此典为思乡之愁肠。明邢雉山《宴赏·燕山重九》套曲："只恐怕老侵潘鬓，愁入庾肠，枉自惭衰朽。"

③潘鬓：西晋潘岳说自己三十二岁就有白头发了。后以此典为中年鬓发初白的代词。

④谩簪黄菊，花也应羞：苏轼《吉祥寺赏牡丹》："人老簪花

不自羞，花应羞上老人头。"黄庭坚《南乡子》："花向老人头上笑，羞羞。白发簪花不解愁。"

⑤红蓼：古称辛菜。能使人想起离家之苦。

⑥香笺：书信。锦字：即锦字书。

⑦青鸟：指信使。

水龙吟①次韵林圣予惜春

晁补之

问春何苦匆匆，带风伴雨如驰骤②。幽葩细萼③，小园低槛，壅培未就④。吹尽繁红，占春长久。不如垂柳。算春常不老，人愁春老，愁只是、人间有。

春恨十常八九⑤。忍轻孤、芳醪经口⑥。那知自是，桃花结子⑦，不因春瘦。世上功名，老来风味，春归时候。纵樽前痛饮，狂歌似旧，情难依旧。

注释

①这首词抒写惜春的情怀。上片起首先表达一般惜春之意，春去匆匆，携风带雨，吹落香花嫩蕊、满枝繁红，委实可惜，却也有当初鹅黄嫩绿的垂柳，于今已长的密可藏鸦。四序代谢，春去复来，春常不老，所老者，只是愁春之人。下片写排解春愁的方法。春愁春恨不可免，不如借酒遣愁。排解春愁，还须从根本上下功夫，其实，春归原不必愁，春红谢了，是为了结实，人生一世，也是如此，由壮年进入暮年，自有老来风味，如今老友相逢，纵然能够举杯痛饮，像过去一样狂歌，但心情却不可能依旧。

②驰骤：疾速。

③葩：草木的花。

④壅培：培土。

⑤春恨十常八九：辛弃疾《贺新郎》："肘后俄生柳，叹人生、

不如意事，十常八九。""人生不如意事十常八九"盖为习语，宋时已然。

⑥芳醪：美酒。

⑦桃花结子：王建《宫词》："树头树底觅残红，一片西飞一片东。自是桃花贪结子，错教人恨五更风。"

洞仙歌① 泗州中秋作

晁补之

青烟幂处②，碧海飞金镜③。永夜闲阶卧桂影。露凉时，零乱多少寒螀④。神京远，惟有蓝桥路近⑤。

水晶帘不下⑥，云母屏开，冷浸佳人淡脂粉。待都将许多明，付与金尊，投晓共、流霞倾尽⑦。更携取、胡床上南楼⑧，看玉作人间，素秋千顷。

注释

①这是一首赏月词。上片写中秋夜景，下片转写室内宴饮赏月。全词从天上到人间，又从人间到天上，天上人间浑然一体，境界阔大，想象丰富，词气雄放。与东坡词颇有相似之处。黄氏《蓼园词评》："前阕从无月看到有月，次阕从有月看到月满人间，层次井井，而词致奇杰，各段俱有新警语，自觉冰魂月魄，气象万千，兴乃不浅。"

②幂：遮掩，覆盖。

③碧海：指青天。金镜：指月亮。李贺《七夕》："天上分金镜，人间望玉钩。"

④寒螀：即寒蝉。

⑤蓝桥：桥名。传说其地有仙窟，即唐朝裴航遇仙女云英处。

⑥水晶帘不下：李白《玉阶怨》："却下水晶帘，玲珑望秋月。"

⑦流霞：仙酒名。

⑧胡床：一种可以折叠的坐具，也称交椅。

临江仙① _{忆昔西池池上饮}

晁冲之

忆昔西池池上饮②，年年多少欢娱。别来不寄一行书③。寻常相见了，犹道不如初。

安稳锦屏今夜梦，月明好渡江湖。相思休问定何如。情知春去后，管得落花无。

注释

①这是一首怀念汴京旧游的词作。上片首两句回忆往年的快意时光，以下三句埋怨旧游云散，不通音讯，并推测这些意气相投的朋友即便相见，也不可能像当初在西池那样纵情豪饮，开怀畅谈，无所顾忌了。下片别后的思念，既然无由得面，加之音信不通，不如趁今夜月明，梦魂飞渡，跨过江湖，飞越关山，与朋友相见。见面后，不要问以后会怎样，春天已经过去，落花命运如何，只能顺其自然了。

②西池：即金明池，在汴京西，为京师游观胜地。

③别来不寄一行书：语本杜甫《寄高三十五詹事适》诗"相看过半百，不寄一行书"。

虞美人① _{寄公度}

舒亶

芙蓉落尽天涵水。日暮沧波起。背飞双燕贴云寒。独向小楼东畔、倚阑看。

浮生只合尊前老②。雪满长安道。故人早晚上高台。赠我江南春色、一枝梅③。

注释

①此为寄赠友人之作。上片写词人傍晚于小楼上欣赏秋景。下片写冬日的长安，词人盼望老友送梅到来。传达出词人苦闷孤独又渴望得到友情慰藉的心情。

②合：应该。

③赠我江南春色一枝梅：据《荆州记》载，陆凯与范晔关系很好，陆从江南寄一枝梅花给长安的范晔，并赠诗一首。

渔家傲① 小雨纤纤风细细

朱 服

小雨纤纤风细细②。万家杨柳青烟里。恋树湿花飞不起。愁无际。和春付与东流水。

九十光阴能有几。金龟解尽留无计③。寄语东城沽酒市。拚一醉。而今乐事他年泪。

注释

①这首词写词人春日里的愁绪。上片写和风细雨中的暮春景象：满城杨柳，万家屋舍，细雨蒙蒙，青烟绿雾，一派暮春景色。春日将尽，落花有离树之愁，人亦有惜春之愁，愁心难解，词人遂将它连同春天一道付与东流之水。下片写人生短暂，寿不满百，即便像贺知章，有九十之寿，也会面对春尽之愁，不如东城沽酒，拚却一醉，不将遗憾留与冉冉暮年。

②纤纤：细微。形容小雨。

③金龟解尽：指解下佩饰换酒酤饮。李白《对酒忆贺监》诗序曰："太子宾客贺公，于长安紫极宫一见余，呼余为'谪仙人'，因解金龟，换酒为乐。"

惜分飞^①泪湿阑干花著露

毛 滂

泪湿阑干花著露。愁到眉峰碧聚^②。此恨平分取。更无言语。空相觑^③。

短雨残云无意绪。寂寞朝朝暮暮。今夜山深处。断魂分付。潮回去。

注 释

①唐苏颋《送吏部李侍郎东归》有"赏来荣扈从，别至惜分飞"句。此调最初见于毛滂《东堂词》。据《西湖游览志》载：元祐中，苏轼知守钱塘时，毛滂为法曹掾，与歌妓琼芳相爱。三年秩满辞官，于富阳途中的僧舍作《惜分飞》词，赠琼芳。一日，苏轼于席间，听歌妓唱此词，大为赞赏，当得知乃幕僚毛滂所作时，即说："郡寮有词人不及知，某之罪也。"于是派人追回，与其留连数日。毛滂因此而得名。这是一首别情词。全词写与琼芳恨别的相思之情。上片追忆两人恨别之状，下片写别后的羁愁。整首词感情自然真切，音韵凄婉，达到了"语尽而意不尽，意尽而情不尽"（周辉《清波杂志》）的艺术效果。

②眉峰：眉毛。

③觑：偷视。

菩萨蛮^①赤阑桥尽香街直

陈 克

赤阑桥尽香街直，笼街细柳娇无力。金碧上青空^②，花晴帘影红。

黄衫飞白马^③，日日青楼下。醉眼不逢人，午香吹暗尘。

注释

①这首词着力表现了少年公子骄奢淫逸的冶游情态。上片词人通过对赤阑桥、香街、细柳、楼台和花草、晴空和帘影的巧妙安排，使这个艳而又冶的"狭斜之地"变得竟是如此富于魅力。下片刻画一个身披黄衫，骑着白马的少年公子形象。点睛之笔，全在"醉眼不逢人"五字，将这位气焰熏天的公子哥塑造得形神毕肖。

②金碧：传说中的神名。

③黄衫：隋唐时少年所穿的黄色华贵服装。此代贵人。

菩萨蛮^① 绿芜墙绕青苔院

陈 克

绿芜墙绕青苔院。中庭日淡芭蕉卷。蝴蝶上阶飞。烘帘自在垂。

玉钩双语燕。宝甃杨花转^②。几处簸钱声^③。绿窗春睡轻。

注释

①这是一首表现初夏闲适情怀的词作。这首词通篇写景，而将人物的内心活动妙合于景物描绘之中，上片摹画帘内之人眼中的庭院景象：绿芜墙，青苔院，芭蕉卷，蝶蛱飞，景物由远而近，由静到动。下片写燕子梁间作巢，出入房栊，珠帘不卷，玉钩空悬，双双燕子，呢喃其上，井垣四周，杨花飘飏，上下翻飞，优游自如，远处依稀传来簸钱之声。珠帘之内，有人于绿窗之下，午梦悠悠。

②宝甃：精美的井壁。

③簸钱：掷钱为赌戏。

洞仙歌① 雪云散尽

李元膺

一年春物，惟梅柳间意味最深。至莺花烂漫时，则春已衰迟，使人无复新意。予作《洞仙歌》，使探春者歌之，无后时之悔。

雪云散尽，放晓晴池院。杨柳于人便青眼。更风流多处，一点梅心，相映远。约略颦轻笑浅②。

一年春好处，不在浓芳，小艳疏香最娇软。到清明时候，百紫千红，花正乱。已失春风一半。早占取韶光共追游，但莫管春寒，醉红自暖③。

注释

①据词的小序可知，这首词意在提醒人们及早探春，无遗后时之悔。上片分写梅与柳这两种典型的早春物候，状物写情，活用拟人手法，意趣无穷。下片说明探春需早的原因。春之佳处，当在梅香柳疏之时。世人明晓此理者不多，清明时候，繁花似锦，百紫千红，游众如云。当此之时，春色盛极而衰，故曰"已失了春风一半"。

②颦轻笑浅：即轻颦浅笑。颦，皱眉。此用美人神貌喻梅花。

③醉红：酒醉颜红。

青门饮① 寄宠人

时 彦

胡马嘶风，汉旗翻雪②，彤云又吐③，一竿残照。古木连空，乱山无数，行尽暮沙衰草。星斗横幽馆④，夜无眠、灯花空老。雾浓香鸭⑤，冰凝泪烛，霜天难晓。

长记小妆才了。一杯未尽，离怀多少。醉里秋波，梦中朝雨，都是醒时烦恼。料有牵情处，忍思量、耳边曾道。甚时跃马归来，认得迎门轻笑。

注释

①此调与《青门引》令词不同，《词谱》以秦观词为正调。这首词为羁役怀人之作。上片写景，描绘作者旅途所见北国风光，风雪交加，胡马长嘶，大旗翻舞，残照西沉，老树枯枝纵横，山峦错杂堆叠。词人夜间投宿，凝望室外星斗横斜，室内灯花不剪，烛泪凝结。下片展开回忆，突出离别一幕，着力刻绘伊人形象。别离前夕，伊人浅施粉黛，饯别宴上，稍饮即醉，醉后秋波频盼，酒醒平添烦恼。最难忘，临别之际，深情耳语：何时跃马归来，一睹故人笑靥。整首词细腻深婉，情思绵长。

②胡马、汉旗：喻指西北边疆。

③彤云：雪前密布的浓云。

④幽馆：寂寞幽深的客舍。

⑤香鸭：鸭形的香炉。

谢池春①残寒销尽

李之仪

残寒销尽，疏雨过、清明后。花径敛余红，风沼萦新皱②。乳燕穿庭户，飞絮沾襟袖。正佳时，仍晚昼。著人滋味③，真个浓如酒。

频移带眼④，空只恁、厌厌瘦⑤。不见又思量，见了还依旧。

为问频相见，何似长相守。天不老，人未偶。且将此恨，分付庭前柳⑥。

注释

①调名大约缘于谢灵运《登池上楼》诗，其中有"池塘生春草，园柳变鸣禽"诗句。宋杨亿《次韵和盛博士雪霁之什》："梁苑酒浓寒力减，谢池风细冻纹开。"明黄相《送兰泉叔还莆》："谢池春在应飞梦，阮竹风高忆共谈。""谢池春"在古代诗文中，当是成语。这首词写离别相思之苦。上片写景，有声有色，有动有静，以酒喻春，有独到之妙，可谓色味俱佳。下片抒情：人渐消瘦，只为离愁，聚散无定，何如长相厮守。天不助我，孑然难偶，只有将相思别恨，交付庭前垂柳。

②风沼萦新皱：语本冯延巳《谒金门》词"风乍起，吹皱一池春水"。沼，池塘。

③著人：迷人。

④移带眼：《梁书·沈约传》说，老病，腰带经常移动眼孔。喻日渐消瘦。

⑤恁：如此。

⑥分付：托付。

卜算子①我住长江头

李之仪

我住长江头，君住长江尾。日日思君不见君，共饮长江水。
此水几时休，此恨何时已。只愿君心似我心，定不负相思意②。

注释

①词以长江起兴。"我"、"君"对起，而一住江头，一住江尾，见双方空间距离之悬隔，也暗寓相思之悠长。日日思君而不得见，

却又共饮一江之水。深味之下，尽管思而不见，毕竟还能共饮长江之水。下片紧扣长江水，进一步抒写别恨。悠悠长江之水，不知何时才能休止，绵绵相思之恨，也不知何时才能停歇。结句词人翻出新意：阻隔纵然不能飞越，两相挚爱的心灵却可一脉遥通。

②"只愿"二句：语本顾蓝图薏《诉忠情》"换我心，为你心，始知相忆深"。

瑞龙吟① 大石春景

周邦彦

章台路②。还见褪粉梅梢，试花桃树。愔愔坊陌人家③，定巢燕子，归来旧处。

黯凝伫。因念个人痴小④，乍窥门户。侵晨浅约宫黄⑤，障风映袖，盈盈笑语。

前度刘郎重到⑥，访邻寻里，同时歌舞。唯有旧家秋娘⑦，声价如故。吟笺赋笔，犹记燕台句⑧。知谁伴，名园露饮，东城闲步。事与孤鸿去。探春尽是，伤离意绪。官柳低金缕。归骑晚、纤纤池塘飞雨。断肠院落，一帘风絮。

注释

①瑞龙吟为周邦彦自度曲。《词谱》以周邦彦这首词为正调。词分三叠，首写旧地重游，所见所感：人如巢燕归来，寻常坊陌，宛如从前，梅花方才谢了，又见桃花着枝。次写当年旧人旧事：凝神伫立，仿佛看到伊人临风而立，听到伊人盈盈笑语。末写抚今追昔之情。前度刘郎，旧家秋娘，而今知与谁伴，往日欢娱，不知能否重续。到如今探春所获，尽是伤离意绪，归去吧！相伴只有，纤纤飞雨，一帘风絮。整首词婉转抑扬，含蓄蕴藉，令人揣摩把玩，读之不舍。

②章台：泛指妓院聚集之地。

③恬恬：安静貌。

④个人：伊人。

⑤浅约宫黄：淡着脂粉。

⑥前度刘郎重到：据《幽明录》载：东汉人刘晨、阮肇入天台山采药逢仙女，居留半年后归来，而尘世已历七代。后又重入天台山，仙女已杳不可寻。

⑦秋娘：唐金陵歌妓杜秋娘。此处代指歌妓。

⑧犹记燕台句：语本李商隐《梓州罢吟寄同舍》"长吟远下燕台去，惟有衣香染未销"。

风流子①新绿小池塘

周邦彦

新绿小池塘。风帘动，碎影舞斜阳。羡金屋去来，旧时巢燕；土花缭绕②，前度莓墙。绣阁里、凤帏深几许？听得理丝簧。欲说又休，虑乖芳信③，未歌先噎，愁近清觞。

遥知新妆了，开朱户、应自待月西厢④。最苦梦魂，今宵不到伊行⑤。问甚时说与，佳音密耗⑥，寄将秦镜⑦，偷换韩香⑧？天便教人，霎时厮见何妨？

注　释

①这是一首抒发相思之情的词作。上片写两情相隔，跨着池塘，隔着莓墙，罩着绣阁，绕着凤裳。词人不禁羡慕可以穿屋而飞的燕子，可以飞越这些阻隔，飞进金屋，一睹佳人芳容。如果音讯全无，也就作罢了，偏偏能听到佳人理丝簧，曲调幽怨，愁近清觞。下片悬想佳人新妆后，待月西厢下，可惜这一令人心动的场景只是假想，白日既不能相会，那就到梦中去追寻吧。可是今晚竟然连梦魂都不能到她身边，有什么机缘能将定情的信物交付给她呢！上天啊！让我们短暂相会又有何妨！情急迂妄的情态，跃然纸上。

沈谦《填词杂说》评后两句："下急迂妄"，"美成真深于情者"。

②土花：苔藓。李贺《金铜仙人辞汉歌》："画栏桂树悬秋香，三十六宫土花碧。"

③乖：违，误。

④待月西厢：语本元稹《会真记》中诗："待月西厢下，迎风户半开。拂墙花影动，疑是玉人来。"

⑤伊行：她身边。

⑥耗：消息。

⑦秦镜：东汉人秦嘉赠予其妻徐淑的明镜。

⑧韩香：晋贾充女贾午暗恋韩寿，窃香赠之。

夜飞鹊① 河桥送人处

周邦彦

河桥送人处，凉夜何其。斜月远坠余辉。铜盘烛泪已流尽，霏霏凉露沾衣。相将散离会，探风前津鼓②，树杪参旗③。花骢会意④，纵扬鞭、亦自行迟。

迢递路回清野，人语渐无闻，空带愁归。何意重红满地，遗钿不见⑤，斜径都迷。兔葵燕麦⑥，向斜阳、欲与人齐。但徘徊班草⑦，欷歔酹酒⑧，极望天西。

注　释

①调名取自曹操《短歌行》"月明星稀，乌鹊南飞"诗句。唐

蒋冽有《夜飞鹊》诗："北林夜方久，南月影频移。何当飞三匝，犹言未得枝。"一名《夜飞鹊慢》。为周邦彦创调，调见《片玉词》。这是一首送别词。上片写送别的情景，下片写别后归来的相思。"自将行至远送，又自去后写怀望之情，层次井井而意致绵密，词采秾深，时出雄厚之句，耐人咀嚼。"（黄蓼园《蓼园词选》）

②津鼓：古时在渡口处设置的信号鼓。

③树杪：树梢。参旗：星宿名。

④花骢：五花马。

⑤遗钿：本指杨贵妃花钿委地，此处指落花。

⑥兔葵：植物名。

⑦班草：布草而坐。

⑧歆欷：叹息声。酹：以酒浇地以示祭奠。

满庭芳① 夏日溧水无想山作②

周邦彦

风老莺雏，雨肥梅子，午阴嘉树清圆。地卑山近，衣润费炉烟。人静乌鸢自乐③，小桥外、新绿溅溅④。凭栏久，黄芦苦竹，疑泛九江船⑤。

年年。如社燕⑥，飘流瀚海，来寄修椽⑦。且莫思身外，长近尊前。憔悴江南倦客，不堪听、急管繁弦。歌筵畔，先安簟枕⑧，容我醉时眠。

注释

①这首词表现了词人的宦情羁思和身世之感。上片写景，极其细密：江南初夏，和风细雨，老了雏莺，肥了梅子，午阴嘉树，亭亭如盖。居此地也，地低湿而久雨，衣常润而难干，人静而乌鸢自乐，溪涨而新绿溅溅，此地之节候也，大类乐天之在浔阳。下片即景抒情，曲折回环：叹此身常如社燕，春社时来，秋社即去，漂泊

于瀚海之间，暂栖于屋椽之下。莫思身外之事，且尽眼前之杯，江南倦客，已听不惯丝竹纷陈，不如安排簟枕，容我醉眠。

②溧水：在今江苏省溧阳县。

③乌鸢：乌鸦和鹰。

④溅溅：流水声。

⑤黄芦苦竹：语本白居易《琵琶行》："住近湓江地低湿，黄芦苦竹绕宅生。"

⑥社燕：古时以立春后第五个戊日为春社，立秋后第五个戊日为秋社，祭祀土神。燕子春社时来，秋社时去，故称社燕。

⑦修椽：长椽子，形容屋檐高大修长。

⑧簟：竹席。

大酺①春雨

周邦彦

对宿烟收，春禽静，飞雨时鸣高屋。墙头青玉旆②，洗铅霜都尽，嫩梢相触。润逼琴丝，寒侵枕障，虫网吹黏帘竹。邮亭无人处，听檐声不断，困眠初熟。奈愁极频惊，梦轻难记，自怜幽独③。

行人归意速。最先念、流潦妨车毂④。怎奈向、兰成憔悴⑤，卫玠清羸⑥，等闲时、易伤心目。未怪平阳客⑦，双泪落、笛中哀曲。况萧索、青芜国⑧。红糁铺地⑨，门外荆桃如菽。夜游共谁秉烛⑩。

注 释

①大酺，为官方特许的大聚饮。唐教坊曲有《大酺乐》，《羯鼓录》亦有《太簇商大酺乐》。宋人借旧名自制词调，《词谱》以周邦彦词为正调。这首词写春雨中的行旅之愁。上片写春雨中的闺愁。下片写春雨中的羁愁。这首词感物应心，因景抒情，写景鲜明生动，写情委曲尽致，环境气氛的渲染与心理活动的展开相互依托，造成了低徊抑郁、曲折流动的意境。

②旆：泛指旌旗。

③幽独：寂寞孤独的人。《楚辞·九章·涉江》："哀吾生之无乐兮，幽独处乎山中。"

④流潦：道路积水。毂：车轮中心的圆木。代指车轮。

⑤向：语助词。兰成：文学家庾信，小字兰成。

⑥卫玠：晋人，字叔宝，美仪容，有羸疾，每乘车入市，观者如堵，玠体力不堪，成病而死。

⑦平阳客：东汉马融，为督邮，独卧平阳坞中，闻洛阳客吹笛，因念离京师多年，悲从中来，遂作《长笛赋》。

⑧青芜国：杂草丛生的地方。温庭筠《春江花月夜》："花庭忽作青芜国。"

⑨红糁：指落花满地。

⑩夜游共谁秉烛：李白《春夜宴桃李园序》："古人秉烛夜游，良有以也。"

定风波①莫倚能歌敛黛眉

周邦彦

莫倚能歌敛黛眉②。此歌能有几人知。他日相逢花月底。重理。好声须记得来时。

苦恨城头传漏水③。无情岂解《惜分飞》④。休诉金尊推玉臂。从醉。明朝有酒倩谁持⑤。

注释

①这是一首写给歌姬的作品。上片夸赞歌女歌唱技艺高妙，罕有人比，词人以调侃的语气发问：以后相逢还能听到这么美妙的歌声吗？语虽轻松，但还能让人感觉到惜别的意味。下片语气一转，惜别之情一泄而出，世事沧桑交幻，明天还能听到美妙的歌声，还能有美人伴酒吗？不如今天拼却一醉，以慰愁怀。

②倚：凭借。

③漏水：漏壶滴水。指报更。毛刻《片玉词》本中"水"原作"永"，不叶，据郑文焯本校改。

④《惜分飞》：词牌名。

⑤倩：请，恳求。

解连环^①怨怀无托

周邦彦

怨怀无托。嗟情人断绝，信音辽邈。纵妙手、能解连环，似风散雨收，雾轻云薄。燕子楼空^②，暗尘锁、一床弦索^③。想移根换叶，尽是旧时，手种红药^④。

汀洲渐生杜若^⑤。料舟依岸曲，人在天角。漫记得、当日音书，把闲语闲言，待总烧却。水驿春回，望寄我、江南梅萼^⑥。拚今生、对花对酒，为伊泪落。

注 释

①《战国策·齐策》："秦始皇（鲍彪注本作秦昭王）尝使使者遗君王后玉连环，曰：'齐多知，而解此环不？'君王后以示群臣，群臣不知解。君王后引椎椎破之，谢秦使曰：'谨以解矣。'"周邦彦词有"纵妙手、能解连环"句，即用此典，因取为调名。又名《望梅》《杏梁燕》。这首词抒发了一种"怨怀无托"的复杂相思情感。上片写情人远去，音讯全无，虽然心生怨情，因不知远人心事，至于怨情无托，此正是可悲之处。环顾四周，陈迹宛然，睹物思人，远人如在面前。下片写春天来临，杜若渐萌，远人别去经年，行舟随水远去，料想已在天涯。忆当初，红笺密字，音书不断，而今读来，只是闲言淡语，真想付之一炬，以舒愤恨。现已春暖冰消，水驿通航，怎不能，把江南春梅，寄我一枝，聊解苦忆呢？无人陪伴，花下独斟，凄清已极，犹有不辞，拚却今生，为伊

泪落。

②燕子楼：在今江苏省徐州市。相传为唐贞元年间尚书张建封之爱妾关盼盼居所。张死后，盼盼念旧情不嫁，独居此楼十余年。白居易曾写《〈燕子楼〉诗序》。后以"燕子楼"泛指女子居所。

③弦索：指乐器。

④红药：红芍药。

⑤杜若：香草名。《楚辞·九歌·湘君》："采芳洲兮杜若，将以遗兮下女。"

⑥望寄我、江南梅萼：用南朝陆凯寄梅事。

<h1 style="text-align:center">关河令^①秋阴时晴渐向暝</h1>

周邦彦

秋阴时晴渐向暝^②。变一庭凄冷。伫听寒声，云深无雁影。
更深人去寂静。但照壁孤灯相映。酒已都醒，如何消夜永^③。

注　释

①原名《清商怨》，古乐府有《清商曲辞》，因曲调多哀怨之音，故名《清商怨》。晏殊《清商怨》词首句为"关河愁思望处满"，周邦彦爱将此调改名为《关河令》。这首词以时光的转换为线索，表现了萧瑟深秋中作者因人去楼空而生的凄切孤独感。上片写黄昏时的羁愁。下片写夜深不寐的凄苦。本想以酒消愁，然而酒已醒而愁未消，又如何消磨这漫漫长夜呢？陈廷焯《云韶

集》评末句:"笔力劲直,情味愈见。"可谓的评。

②暝:日暮,天黑。

③夜永:长夜。

绮寮怨① 上马人扶残醉

周邦彦

上马人扶残醉,晓风吹未醒。映水曲、翠瓦朱檐,垂杨里、乍见津亭。当时曾题败壁,蛛丝罩,淡墨苔晕青。念去来、岁月如流,徘徊久、叹息愁思盈。

去去倦寻路程。江陵旧事②,何曾再问杨琼③。旧曲凄清。敛愁黛、与谁听。尊前故人如在,想念我、最关情。何须《渭城》④。歌声未尽处,先泪零。

注释

①为周邦彦自度曲,宋词中仅此一首。上片写津亭送别。败壁偶见旧题,蛛丝牵网,苍苔遮蔽,足以启人沧桑之感。下片写别后

难逢，知音难觅，相思情长。

②江陵旧事：指作者居住在荆州的生活。江陵：今属湖北省。

③杨琼：本名播，少为江陵歌妓。白居易《寄李苏州兼示杨琼》："真娘墓头春草碧，心奴鬓上秋霜白。为问苏台酒席中，使君歌笑与谁同。就中犹有杨琼在，堪上东山伴谢公。"

④《渭城》：指送行的离歌。唐王维《送元二使安西》诗有"渭城朝雨浥轻尘"、"西出阳关无故人"句，后人谓之《渭城曲》或《阳关曲》。

更漏子① 上东门

贺　铸

上东门②，门外柳，赠别每烦纤手。一叶落，几番秋③，江南独倚楼。

曲阑干，凝伫久，薄暮更堪搔首④。无际恨，见闲愁，侵寻天尽头⑤。

注释

①古代用滴漏计时，夜间凭漏刻传更，故名更漏。唐温庭筠用此调多咏更漏，故而得名。又名《无漏子》、《独倚楼》、《付金钗》、《翻翠袖》等。这是一首别情词。上片写离别场景，东门作别，折柳相赠，此处一别，漂泊江南，独倚危楼。下片写别后愁绪，分别后，常小楼伫立，终日凝望。每当暮色渐浓，离恨别愁，弥漫天际。

②东门：指洛阳东门。

③一叶落，几番秋：见柳永《竹马子》注。

④搔首：抓头。指有所思。

⑤侵寻：渐渐扩展到。

青玉案①凌波不过横塘路

贺 铸

凌波不过横塘路②，但目送、芳尘去。锦瑟华年谁与度③？月桥花院，琐窗朱户。只有春知处。

飞云冉冉蘅皋暮，彩笔新题断肠句④。试问闲情都几许？一川烟草，满城风絮。梅子黄时雨⑤。

注释

①这是一首表现相思之情的词作，写于作者晚年退隐苏州期间。上片以偶遇美人而不得见发端，下片则承上片词意，遥想美人独处幽闺的怅惘情怀。结句连用三个比喻形容闲愁，最为后人称道。愁之称"闲"，正是因为愁来之时，往往漫无目的，漫无边际，飘飘渺渺，捉摸不定，却又无处不在，无时不有。

②凌波：见柳永《采莲令》注。横塘：在苏州盘门外，水上有桥。崔颢《长干曲》之一："君家住何处？妾住在横塘。"

③锦瑟华年：指青春时光。语本李商隐《锦瑟》诗："锦瑟无端五十弦，一弦一柱思华年。"

④彩笔：相传江淹年少时，梦中人授以五色笔，因而文采非凡。

⑤梅子黄时雨：语本唐人诗"楝花开后风光好，梅子黄时雨意浓"。

薄 幸①淡妆多态

贺 铸

淡妆多态。更的的、频回眄睐②。便认得琴心先许，欲缩合欢双带^③。记画堂、斜风月缝迎，轻鬉微笑娇无奈。便翡翠屏开，芙蓉帐掩，与把香罗偷解。

自过了收灯后^④，都不见、踏青挑菜^⑤。几回凭双燕，丁宁深意，往来翻恨重帘碍。约何时再。正春浓酒困，人闲昼永无聊赖。厌厌睡起^⑥，犹有花梢日在。

注释

①薄幸作为词调名，始于贺铸这首词。《词谱》即以贺铸词为正调。上片写词人同一位女子相识、相爱和热恋的经过。下片写离别后男子的相思之苦。俞陛云《唐五代两宋词选释》："上阕追叙前欢，下阕言紫燕西来，已寄书多阻，姑借酒以消磨永昼。乃酒消睡醒，仍日未西沉，清昼悠悠，遣愁无计，极写其无聊之思。"

②的的：明亮。盼：顾盼。陈子昂《宿空舲峡青树村浦》诗："的的明月水，啾啾寒夜猿。"

③宜男：旧时祝妇人多子称宜男。此指婚配。此句一本作"欲绾合欢双带"。

④收灯：唐俗元宵节"烧灯"（点花灯）三日，而后"收灯"。

⑤踏青挑菜：古人以二月二日为挑菜节，妇女郊游，亦曰踏青。

⑥厌厌：同"恹恹"。精神不振貌。

浣溪沙^①醉中真

贺　铸

不信芳春厌老人。老人几度送余春，惜春行乐莫辞频^②。巧笑艳歌皆我意^③，恼花颠酒拚君瞋^④，物情惟有醉中真^⑤。

注释

①这是一首惜春行乐之词。上片写春不弃人，老人更应惜

春。下片写词人惜春行乐之狂态。狂态之中有沉痛，放旷之中有真情。

②莫辞频：晏殊《浣溪沙》："等闲离别更销魂，酒筵歌席莫辞频。"

③巧笑：《诗经·硕人》："巧笑倩兮，美目盼兮。"

④颠酒：颠饮，即不拘礼节之狂饮。瞋：怒目而视。此句化用杜甫《江畔独步寻花》诗"江上被花恼不散，无处告诉只颠狂"句意。

⑤物情：世情。醉中真：苏轼《山光寺回次芝上人韵》："闹里清游借隙光，醉时真境发天藏。"

望湘人① 春思

贺 铸

厌莺声到枕，花气动帘，醉魂愁梦相半。被惜余薰，带惊剩眼②。几许伤春晚。泪竹痕鲜③，佩兰香老，湘天浓暖。记小江、风月佳时，屡约非烟游伴④。

须信鸾弦易断⑤。奈云和再鼓⑥，曲终人远。认罗袜无踪⑦，旧处弄波清浅。青翰棹舸⑧，白苹洲畔。尽目临皋飞观。不解寄、一字相思，幸有归来双燕。

注 释

①《望湘人》为贺铸自度曲。这是一首伤离怀人之作。上片由景生情，首三句写室外盎然春意，而冠一"厌"字，化欢乐之景而为悲哀之情，变柔媚之辞而为沉痛之语。哀愁无端，一字传神，为全词定调。以下写词人睹物思人、物是人非；朝思暮愁、形销骨立。楚地暮春天气，湘妃斑竹，旧痕犹鲜，屈子佩兰，其香已老。末三句，引出佳人。过片抒情，前两句承上启下，直抒胸臆。鸾弦易断，好事难终；云和再鼓，曲终人远。遍寻旧日曾到，不见佳人

芳踪。佳人一去，相见无期，使人愁肠百结，肝胆俱裂。幸有归来双燕，以慰相思，强颜自慰，愈见辛酸。

②眼：指腰带上的孔眼。

③泪竹：尧有二女，为舜妃，舜死，二女洒泪粘竹上，皆成斑点，是为斑竹，又名湘妃竹。

④非烟：唐武公业之爱妾步非烟。此指作者情侣。

⑤鸾弦：以鸾胶续弦。后谓男子再娶为续弦。

⑥云和：山名。以产琴瑟著称。唐钱起《省试湘灵鼓瑟》："善鼓云和瑟，常闻帝子灵。"

⑦罗袜：代指情侣。

⑧青翰：船名。舣：船靠岸。

石州慢①寒水依痕

张元幹

寒水依痕②，春意渐回，沙际烟阔。溪梅晴照生香，冷蕊数枝争发③。天涯旧恨，试看几许消魂，长亭门外山重叠。不尽眼中青，是愁来时节。

情切。画楼深闭。想见东风，暗消肌雪④。辜负枕前云雨，尊前花月⑤。心期切处，更有多少凄凉，殷勤留与归时说。到得再相逢，恰经年离别。

注释

①《宋史·乐志》收入越调。贺铸词有"长亭柳色才黄"句，又名《柳色黄》，谢懋词名《石州引》。这是一首羁宦思归之作。上片写春意萌发，临溪寒梅，晴照生香，冷蕊争发。末五句，点出正是"愁来时节"，逗出下片抒情。下片由景物描写转而回忆夫妻恩

爱之情，词人推己及人，揣想闺中人经年离别后的绵绵情思、无限凄凉。

②寒水依痕：语本杜甫《冬深》诗"寒水各依痕"。

③冷蕊数枝争发：杜甫《舍弟观赴蓝田取妻子到江陵喜寄三首》（其二）："巡檐索共梅花笑，冷蕊疏枝半不禁。"

④肌雪：肌肤白皙似雪。《庄子·逍遥游》："藐姑射之山有神人居焉，肌肤若冰雪，绰约若处子。"

⑤"孤负"二句：写恩爱缠绵。

贺新郎① 睡起啼莺语

叶梦得

睡起啼莺语。掩苍苔、房栊向晚，乱红无数。吹尽残花无人见，惟有垂杨自舞。渐暖霭、初回轻暑。宝扇重寻明月影②，暗尘侵、尚有乘鸾女③。惊旧恨，遽如许。

江南梦断横江渚。浪粘天、葡萄涨绿，半空烟雨。无限楼前沧波意，谁采苹花寄取。但怅望、兰舟容与④。万里云帆何时到，送孤鸿、目断千山阻。谁为我，唱金缕⑤。

注释

①这是一首伤春怀旧的词作。上片写词人春睡乍醒，见暮春景色，心生感伤，睹明月团扇，心念旧人。下片词人临江眺望，寄情绵渺，迂徐委婉，笔意空灵。

②宝扇重寻明月影：语本班婕妤《怨歌行》诗"裁为合欢扇，团团似明月"。

③乘鸾女：传说秦穆公女弄玉乘鸾飞天而去，故名。

④容与：徘徊不前貌。

⑤金缕：即《金缕曲》。

虞美人① 雨后同干誉才卿置酒来禽花下作

叶梦得

落花已作风前舞。又送黄昏雨。晓来庭院半残红。惟有游丝千丈、罥晴空。

殷勤花下同携手。更尽杯中酒。美人不用敛蛾眉②。我亦多情无奈、酒阑时③。

注释

①这是一首伤春词。上片写景，景中寓情：昨天黄昏时分，一场风雨，吹打得落红无数。晓来天气放晴，庭院中半是残花。写景至此，读者不觉心生怅惘，上片结句，以"游丝千丈罥晴空"振起全篇，给人以高骞明朗之感。下片抒情，情真意切。本想饮酒遣愁，美人蹙眉，愈发为我添愁。明人毛晋称叶梦得词"不作柔语殢人，真词家逸品"（《石林词跋》），可谓得其肯綮。

②敛蛾眉：皱眉。

③酒阑：酒尽席散之时。

点绛唇① 新月娟娟

汪藻

新月娟娟②，夜寒江静山衔斗。起来搔首，梅影横窗瘦。

好个霜天，闲却传杯手。君知否。乱鸦啼后。归兴浓于酒。

注释

①调名取自江淹《咏美人春游》中的诗句"白雪凝琼貌，明珠

点绛唇"，《词谱》以冯延巳词为正体。又名《南浦月》、《点樱桃》、《沙头雨》、《十八香》、《寻瑶草》等。这首词上片写景，画面冷洁清疏，下片自问自答，言上片未尽之情思，幽默而冷峻。整首词构思别致，情景相生，结构缜密，浑化无迹。

②娟娟：明媚貌。

临江仙^①高咏楚词酬午日

陈与义

高咏《楚词》酬午日^②，天涯节序匆匆。榴花不似舞裙红。无人知此意，歌罢满帘风。

万事一身伤老矣，戎葵凝笑墙东^③。酒杯深浅去年同。试浇桥下水，今夕到湘中^④。

注　释

①词人在端午节凭吊屈原，感时伤怀，借此来抒发自己的爱国情怀。上片写端午时节，词人高声吟诵楚辞，深感流落天涯之苦，节序匆匆，报国无门。而今满眼桃花的颜色已不是歌舞升平时舞女舞裙的颜色。有谁能会此意，只见得，吟罢楚辞，满帘生风。下片写虽然经历沧桑变幻，人亦垂垂老矣，但英爽豪气，依然故我，酹酒江水，引屈子为同调。整首词吐言天拔，豪情壮志，意在言外。

②午日：即端午节。

③戎葵：植物名。

④湘中：指湖南。

临江仙① 夜登小阁忆洛中旧游
陈与义

忆昔午桥桥上饮②，坐中多是豪英。长沟流月去无声。杏花疏影里，吹笛到天明。

二十余年如一梦，此身虽在堪惊。闲登小阁看新晴。古今多少事，渔唱起三更。

注 释

①这是一首抚今追昔，感时伤世之作。上片追忆"洛中旧游"，长沟明月，杏花疏影，一夜笛声，疏淡的记忆里包含着对往日的留恋。下片抒怀，二十年间国破家亡，颠沛流离，九死一生，身虽在，足堪惊。末三句，淡语写哀：古今多少兴亡事，都如过眼云烟，转瞬成空。

②午桥：在今河南洛阳。唐代宰相裴度曾建别墅于此。

苏武慢① 雁落平沙
蔡 伸

雁落平沙，烟笼寒水，古垒鸣笳声断。青山隐隐，败叶萧萧，天际暝鸦零乱。楼上黄昏，片帆千里归程，年华将晚。望碧云空暮，佳人何处②，梦魂俱远。

忆旧游、邃馆朱扉，小园香径，尚想桃花人面③。书盈锦轴④，恨满金徽⑤，难写寸心幽怨。两地离愁，一尊芳酒，凄凉危阑倚遍。尽迟留，凭仗西风，吹干泪眼。

注 释

①苏武，汉武帝时人，尝出使匈奴，羁留十九年而不变节，为

后世所重。调名本此。《词谱》以周邦彦词为正体。这是一首秋日登高怀人之作。上片写登高远眺。落雁、烟水、古垒、青山、落叶、归帆是所见；鸣笳、瞑鸦是所闻。见日暮而思佳人。下片承上回忆，香径朱扉，宛如从前，桃花人面，今却不见，惟有寄情于书，诉怨于琴，遣愁于酒，遍倚危阑，任西风吹干泪眼。

②"望碧"二句：语本沈约《休上人怨别》诗"日暮碧云合，佳人殊未来"。

③桃花人面：用唐人崔护事。

④书盈锦轴：晋人窦滔妻苏蕙思念远方的丈夫，织锦写回文诗以赠。

⑤金徽：代指琴。

帝台春①芳草碧色

李 甲

芳草碧色，萋萋遍南陌。暖絮乱红，也知人、春愁无力。忆得盈盈拾翠侣②，共携赏、凤城寒食③。到今来，海角逢春，天涯为客。

愁旋释。还似织。泪暗拭④。又偷滴。谩伫立、遍倚危阑⑤，尽黄昏，也只是、暮云凝碧⑥。拚则而今已拚了⑦，忘则怎生便忘得。又还问鳞鸿⑧，试重寻消息。

注 释

①帝台春，唐教坊曲名，据《词谱》：《宋史·乐志》琵琶曲有《帝台春》调。宋人罕有填此调者，现在看到的只李甲这首词。这是一首伤春怀人之作。上片写暮春之景，引出春愁，再交待思念的双方，两人曾于寒食节一同赏春，而今，春色将尽，两人却天各一方。下片写愁绪难以释怀。过片四句，三字一句，句句用韵，如冰雹降地，淅沥有声，极写独自伤心、无人与诉的情景，愁不可解，

悲不可遏。以下三句，倚阑远望，不见伊人，直至黄昏，暮云凝碧，佳人依旧未来，暗示与佳人情绝。理智的决定，似乎应该忘掉这段情缘，但感情的因素，又一时很难割舍。不如再遣鱼雁传书，寻觅佳人的消息。

②拾翠侣：指游伴。拾翠即拾取翠鸟羽毛作为首饰。后多指妇女游春。语出曹植《洛神赋》："或采明珠，或拾翠羽。"

③凤城：京城的美称。

④泪暗拭：周邦彦《兰陵王柳》："沈思前事，似梦里，泪暗滴。"

⑤谩：徒然。

⑥暮云凝碧：江淹《休上人怨别》："日暮碧云合，佳人殊未来。"

⑦拚：舍弃，放开。

⑧鳞鸿：鱼雁。古人认为鱼雁可以传递书信。

忆王孙①春词

李重元

萋萋芳草忆王孙②。柳外楼高空断魂。杜宇声声不忍闻③。欲黄昏。雨打梨花深闭门④。

注 释

①《全唐诗》有赵光远《题妓莱儿壁》诗："鱼钥兽环斜掩门，萋萋芳草忆王孙。"这首词的首句全用此诗句。调名由此而来。关于这首词的作者，一作秦观，一作李甲，词作字句全同，《唐宋诸贤绝妙词选》作李重元，因其为宋人选本，故《全宋词》将这首词归到李重元名下。整首词篇幅短小，写景层次分明，抒情深婉含蓄：萋萋芳草，楼外烟柳，杜宇声声，暮雨阵阵，雨打梨花，这些都是客观景物，词人用"忆"、"断"、"闻"、"闭"几个动词加以连

缀，景语便化作情语了。

②萋萋芳草忆王孙：刘安《招隐士》有"春草兮萋萋，王孙游兮不归"句。

③杜宇：即杜鹃。

④雨打梨花深闭门：无名氏《鹧鸪天》："甫能炙得灯儿了，雨打梨花深闭门。"

满江红①怒发冲冠

岳 飞

怒发冲冠，凭阑处、潇潇雨歇。抬望眼、仰天长啸，壮怀激烈。三十功名尘与土，八千里路云和月。莫等闲、白了少年头，空悲切。

靖康耻②，犹未雪；臣子恨，何时灭？驾长车，踏破贺兰山缺③。壮志饥餐胡虏肉④，笑谈渴饮匈奴血⑤。待从头，收拾旧山河，朝天阙⑥。

注 释

①《升庵词品》引唐人小说《冥音录》："曲名有《上江虹》即《满江红》。又名《念良游》、《伤春曲》。"《词谱》以柳永"暮雨初秋"为正调。此调有仄韵、平韵两体，仄韵词宋人填者最多，声调激越，宜抒发壮烈情怀。姜夔始为平韵，而情调俱变。姜夔《满江红》序云："《满江红》旧调用仄韵，多不协律。如末句云'无心扑'三字，歌者将心字融入去声，方谐音律。予欲以平韵为之，久不能成。因泛巢湖，闻远岸箫鼓声，问之舟师，云：'居人为此湖神姥寿也。'予因祝曰：'得一席风，径至居巢，当以平韵《满江红》为迎送神曲。'言讫风与笔俱驶，顷刻而成。末句云：'闻佩环。'则协律矣。书以绿笺，沈于白浪，辛亥正月晦也。"这是一首壮怀激烈，传颂千古的爱国主义名篇。

上片写词人渴望杀敌报国的情怀、抱负。下片写词人雪耻复仇、重整乾坤的豪情壮志。整首词写来悲壮激昂，气势磅礴；读来振聋发聩，催人奋进。

②靖康耻：指靖康二年（1127）金兵攻陷汴京，掳徽、钦二帝北去，北宋亡。

③贺兰山：在今宁夏境内。此借指敌占区。

④胡虏：对金兵的蔑称。

⑤匈奴：代指金国。

⑥朝天阙：朝见皇帝。

水龙吟①夜来风雨匆匆

程 垓

夜来风雨匆匆，故园定是花无几。愁多怨极，等闲孤负②，一年芳意。柳困桃慵③，杏青梅小，对人容易。算好春长在，好花长见，原只是、人憔悴。

回首池南旧事。恨星星、不堪重记。如今但有，看花老眼，伤时清泪。不怕逢花瘦，只愁怕、老来风味④。待繁红乱处，留云借月⑤，也须拚醉。

注释

①这是一首惜春叹老的词作。词人通过委婉哀怨的笔触，曲折尽致、反反复复地抒写了自己郁积重重的"嗟老"与"伤时"之情，读后确有"凄婉绵丽"（冯煦《宋六十一家词选例言》评语）之感。

84

②等闲：轻易地。

③慵：懒。

④风味：生活。

⑤留云借月：强留云彩，借取月光。意谓努力珍惜时光。

六州歌头①

长淮望断②，关塞莽然平。征尘暗，霜风劲，悄边声。黯消凝。追想当年事③，殆天数，非人力，洙泗上④，弦歌地，亦膻腥。隔水毡乡⑤，落日牛羊下，区脱纵横⑥。看名王宵猎⑦，骑火一川明。笳鼓悲鸣。遣人惊。

念腰间箭，匣中剑，空埃蠹，竟何成。时易失，心徒壮，岁将零。渺神京。干羽方怀远，静烽燧，且休兵。冠盖使⑧，纷驰骛⑨，若为情。闻道中原遗老，常南望、羽葆霓旌⑩。使行人到此，忠愤气填膺。有泪如倾。

注释

①这首词是词人在建康留守张浚宴客席上所赋，表现了强烈的爱国情怀。上片描写江淮区域宋金对峙的态势。下片抒写报国无门、壮志难酬的悲愤，讽刺朝廷当政者苟安于和议现状，深刻揭示了中原人民盼望光复的意愿。陈廷焯《白雨斋词话》卷六评此词："淋漓痛快，笔饱墨酣，读之令人鼓舞。"

②长淮：即淮河。

③当年事：指1127年金兵南侵，徽、钦二帝被掳北去之事。

④洙泗：二水名，流经孔子故乡曲阜。

⑤隔水毡乡：指淮河以北金人所占领的中原地区。

⑥区脱：金兵的哨所。

⑦名王：指金兵将帅。

⑧冠盖使：指求和的使臣。

⑨驰骛：奔走。

⑩羽葆霓旌：指皇帝的车驾。

六州歌头①桃花

韩元吉

东风着意，先上小桃枝。红粉腻，娇如醉，倚朱扉。记年时。隐映新妆面。临水岸。春将半。云日暖。斜桥转。夹城西。草软沙平，跋马垂杨渡，玉勒争嘶。认蛾眉凝笑，脸薄拂燕脂②。绣户曾窥。恨依依。

共携手处，香如雾，红随步，怨春迟。消瘦损，凭谁问？只花知。泪空垂。旧日堂前燕③，和烟雨，又双飞④。人自老，春长好，梦佳期。前度刘郎，几许风流地，花也应悲。但茫茫暮霭，目断武陵溪⑤。往事难追。

注释

①程大昌《演繁露》卷十六"六州歌头"："六州歌头，本鼓吹曲也，近世好事者倚其声为吊古词，如'秦亡，草昧刘项起吞并'者是也，音调悲壮。又以古兴亡事实之闻其歌，使人怅慨。良不与艳辞同科，诚可喜也。"据杨慎《词品》，六州指唐代西部的伊、凉、甘、石、渭、氐等六州，宋代举行大祀、大恤典礼皆用此调。韩元吉这首词并不像程大昌所说的那样，竟是一首标准的艳词。词题是"桃花"，乍看是一首咏物词，实际内容却是借桃花诉说一段香艳而哀怨的爱情故事。上片先写两个有情人在桃花似锦的良辰相遇，下片写两人在桃花陌上携手同游，再后来则旧地重来，只见桃花飘零而不见如花人的踪影，于是只能踯躅徘徊于花径，唏嘘生悲。

②燕脂：同"胭脂"。

③旧日堂前燕：语本刘禹锡《乌衣巷》诗"旧时王谢堂前燕"。

④和烟雨，又双飞：五代翁宏《春残》："落花人独立，微雨燕双飞。"

⑤武陵溪：用陶渊明《桃花源记》典故，武陵渔人偶入桃花源，后路径迷失，没有人再能找到。

卜算子①咏梅

陆 游

驿外断桥边，寂寞开无主。已是黄昏独自愁，更着风和雨。

无意苦争春②，一任群芳妒③。零落成泥碾作尘④，只有香如故。

注 释

①这是一首咏梅词。上片写梅花的艰难处境：驿外断桥，寂寞无主，黄昏更兼风雨，天不眷顾，一何至此。下片托梅寄志，以梅花自喻，表现自己身处逆境、坚贞自守的孤高品格。

②争春：唐戎昱《红槿花》："花是深红叶曲尘，不将桃李共争春。"

③群芳妒：《离骚》有"众女嫉余之蛾眉兮，谣诼谓余以善淫"句。

④碾：滚压，碾碎。王安石《咏杏》："纵被春风吹作雪，绝胜南陌碾作尘。"

渔家傲①寄仲高②

陆 游

东望山阴何处是③。往来一万三千里。写得家书空满纸。流清泪。书回已是明年事。

寄语红桥桥下水④。扁舟何日寻兄弟。行遍天涯真老矣。愁无寐。鬓丝几缕茶烟里⑤。

注 释

①这是陆游寄给堂兄陆仲高的词作。上片写蜀中与故乡山阴距离之远，家书难寄，归期难卜，每一念及，徒流清泪。下片直接抒情，寄语家乡流水，何时载我归舟，与家兄相聚，而今，天涯行客，忧思不寐，惟有于茶烟袅袅中，坐遣年华流逝。

②仲高：陆升之，字仲高。陆游堂兄。

③山阴：即今浙江省绍兴市。作者故里。

④红桥：桥名。

⑤鬓丝几缕茶烟里：杜牧《醉后题僧院二首》（之二）："今日鬓丝禅榻畔，茶烟轻轻扬落花风。"

水龙吟①春恨

陈 亮

闹花深处层楼，画帘半卷东风软。春归翠陌，平莎茸嫩，垂杨金浅。迟日催花，淡云阁雨②，轻寒轻暖。恨芳菲世界，游人未赏，都付与、莺和燕。

寂寞凭高念远。向南楼、一声归雁。金钗斗草③，青丝勒马④，风流云散。罗绶分香⑤，翠绡封泪，几多幽怨。正销魂、又是疏烟淡月，子规声断⑥。

注 释

①这是一首抒写春恨的词作。上片恨今日芳菲世界，游人未赏，付与莺燕；下片恨昔年金钗斗草，青丝勒马，风流云散。上片用大量的篇幅描写姹紫嫣红、百花竞放的大好春光，目的是为了逗出上片之恨；下片则倾全力描写人事之恨：因寂寞而凭高念远，美

鸿雁北飞，犹能见故国庭园；悔当年不知珍惜，风流都被雨打风吹去。到如今，疏烟淡月，杜鹃声里，人在天涯。

②阁雨：即搁雨。止雨。

③金钗斗草：斗草时以金钗为赌资。

④青丝勒马：青丝编成的马络头。

⑤罗绶：即罗带。分香：即分别。

⑥子规：即杜鹃鸟。

忆秦娥①楼阴缺

范成大

楼阴缺。栏干影卧东厢月。东厢月，一天风露，杏花如雪。

隔烟催漏金虬咽②。罗帏黯淡灯花结。灯花结，片时春梦③，江南天阔。

注释

①据传唐李白创为此调，因其中有"秦娥梦断秦楼月"句，故名《忆秦娥》。秦娥，谓秦地美貌女子。扬雄《方言》："秦晋之间，美貌谓之娥。"又名《秦楼月》、《碧云深》、《双荷叶》等。明胡应麟《少室山房笔丛》卷二十五："今诗余名《望江南》外，《菩萨蛮》、《忆秦娥》称最古，以《草堂》二词出太白也。近世文人学士或以为实，然余谓太白在当时，直以风雅自任，即近体盛行七言律，鄙不肯为，宁屑事此。且二词虽工丽，而气衰飒，于太白超然之致，不啻穹壤。藉令真出青莲，必不作如是语。详其意调，绝类温方城辈。盖晚唐人词，嫁名太白。"这首词描写闺中少妇春夜怀人的情景。上片描绘园林景色，下片刻画人物心情。整首词不加雕饰，朴素清雅。

②金虬：装置在漏上形状如虬的饰物，龙嘴吐水计时。虬：有角的龙。

③片时春梦：语本岑参《春梦》："枕上片时春梦中，行尽江南数千里。"

眼儿媚① 萍乡道中乍晴卧舆中困甚小憩柳塘

范成大

酣酣日脚紫烟浮②，妍暖破轻裘。困人天色，醉人花气，午梦扶头③。

春慵恰似春塘水，一片縠纹愁④。溶溶泄泄⑤，东风无力，欲皱还休。

注释

①《词谱》以左誉词为正调。又名《小阑干》、《东风寒》、《秋波媚》。这是一首即景之作。上片写词人春日旅途的春慵之感。下片写春水似人般慵懒无比。上片写人，下片写物，上下两片物我难分，妙合无垠。

②酣酣：盛大充沛貌。日脚：穿过云隙照在地面上的日光。

③扶头：形容醉态。

④縠纹：比喻水的波纹。縠，绉纱。

⑤溶溶泄泄：亦作"溶溶洩洩"。晃动荡漾貌。

霜天晓角① 梅

范成大

晚晴风歇。一夜春威折②。脉脉花疏天淡③，云来去，数枝雪。

胜绝。愁亦绝。此情谁共说。惟有两行低雁，知人倚、画楼月。

注释

①此调首见《全芳备祖前集》，有林逋词。这是一首咏梅词。上片写梅，脉脉写其神，花疏写其形，数枝雪写其色。下片抒情，用孤梅衬出词人孤独凄黯的心情。

②春威：春寒的威力。温庭筠《阳春曲》："霏霏雾雨杏花天，帘外春威著罗幕。"

③脉脉：连绵不断貌。

贺新郎①赋琵琶

辛弃疾

凤尾龙香拨。自开元《霓裳曲》罢②，几番风月？最苦浔阳江头客③，画舸亭亭待发④。记出塞、黄云堆雪。马上离愁三万里，望昭阳宫殿孤鸿没⑤。弦解语，恨难说⑥。

辽阳驿使音尘绝⑦。琐窗寒、轻拢慢捻⑧，泪珠盈睫。推手含情还却手，一抹《梁州》哀彻。千古事、云飞烟灭。贺老定场无消息⑨，想沉香亭北繁华歇⑩。弹到此，为呜咽。

注释

①俞陛云《唐五代两宋词选释》："此调借琵琶以写怀。起句'开元'句即追想汴京之盛。以下用商妇、明妃琵琶故事，藉以写怨。转头处承上阕'万里离愁'句，接以辽阳望远。慨宫车之沙漠沉沦。'琐窗'、'推手'四句咏琵琶正面，中含一片哀情。转笔'云飞烟灭'句，笔势动宕。结句沉香亭废，贺老飘零，自顾亦沦落江东，如龟年之琵琶仅在，宜其罢弹呜咽，不复成声矣。"

②自开元《霓裳曲》罢：据白居易《新乐府》自注："《霓裳羽衣曲》，起于开元，盛于天宝。"

③最苦浔阳江头客：白居易贬官江州，秋夜送客而闻江上女子

弹琵琶，遂作《琵琶行》，内有"浔阳江头夜送客"句。

④画舸亭亭：郑文宝《柳枝词》："亭亭画舸系寒潭。"

⑤昭阳：汉未央宫里殿名。

⑥弦解语，恨难说：陆游《鹧鸪天》："情知言语难传恨，不似琵琶道得真。"

⑦辽阳：在今东北境内。为边塞之代称。

⑧轻拢慢捻：出自白居易《琵琶行》"轻拢慢捻抹复挑"句。拢、捻与下文的推手、却手、抹都是琵琶指法。

⑨贺老：指贺怀智。唐玄宗时期的琵琶高手。

⑩沉香亭：唐都长安宫中殿名。为唐玄宗和杨贵妃游玩取乐之所。

水龙吟① 登建康赏心亭②

辛弃疾

楚天千里清秋，水随天去秋无际。遥岑远目，献愁供恨，玉簪螺髻③。落日楼头，断鸿声里，江南游子。把吴钩看了④，栏干拍遍⑤，无人会、登临意。

休说鲈鱼堪脍。尽西风、季鹰归未⑥？求田问舍，怕应羞见，刘郎才气。可惜流年，忧愁风雨，树犹如此⑦！倩何人唤取，红巾翠袖，揾英雄泪⑧。

注 释

①俞陛云《唐五代两宋词选释》："前四句写登临所见，起笔便有浩荡之气。'落日'句以下，由登楼说到旅怀，而仍说不尽，仅以吴钩独看，略露其不平之气。下阕写旅怀，即使归去奇狮卜筑，而生平未成一事，亦羞见刘郎。'流年'二句，以单句旋析，弥见激昂。结句言英雄之泪，未要人怜，倘揾以红巾，或可破颜一笑，极言其潦倒，仍不减其壮怀也。"

②建康：今南京。

③玉簪螺髻：喻山。皮日休《缥缈峰》诗："似将青螺髻，撒在明月中。"

④吴钩：刀名。杜甫《后出塞》："少年别有赠，含笑看吴钩。"

⑤栏干拍遍：宋王辟之《渑水燕谈录》记载，刘孟节"与世相龃龉"，常常凭栏静立，怀想世事，吁唏独语，或以手拍栏干。曾经作诗说："读书误我四十年，几回醉把栏干拍。"

⑥"休说"二句：据《世说新语·识鉴》载，张季鹰在洛阳为官，忽见秋风起，便想起家中的莼羹和鲈鱼，于是辞官归里。

⑦树犹如此：据《世说新语。言语》，桓温北征，经过金城，见自己过去种的柳树已长到几围粗，便感叹地说："木犹如此，人何以堪？"

⑧揾：擦拭。

永遇乐①京口北固亭怀古②

辛弃疾

千古江山，英雄无觅孙仲谋处③。舞榭歌台，风流总被雨打风吹去。斜阳草树，寻常巷陌，人道寄奴曾住④。想当年，金戈铁马，气吞万里如虎。

元嘉草草，封狼居胥，赢得仓皇北顾⑤。四十三年⑥，望中犹记，烽火扬州路。可堪回首，佛狸祠下⑦，一片神鸦社鼓⑧。凭谁问，廉颇老矣，尚能饭否⑨？

注 释

①这是一首怀古咏今词。上片起句雄浑，大气磅礴，接着追忆

称雄江南，建功立业的历史人物。继而感叹斗转星移，沧桑屡变，歌台舞榭，遗迹沦湮。读之使人黯然神伤。下片今昔对照，用古事影射现实，古之北伐足以为今之北伐提供鉴照。末三句用廉颇典故表达词人虽年老却壮心不已，渴望精忠报国的心情。整首词抚今追昔，感慨万端，沉郁顿挫，深宏博大。

②京口：今江苏省镇江市。

③孙仲谋：孙权，字仲谋。三国时吴国国君。

④寄奴：南朝宋武帝刘裕小名。

⑤"元嘉"三句：刘裕子宋文帝刘义隆于元嘉年间草率出兵北伐，结果惨败。狼居胥：山名，在今内蒙古。据《汉书》载，汉武帝元狩四年，派大将卫青、霍去病率军打败匈奴，追击至狼居胥，封山而还。

⑥四十三年：作者由宋宁宗嘉泰四年（1204）知镇江府，距其在宋高宗绍兴三十二年（1162）奉表南归，路经扬州，正是四十三年。

⑦佛狸祠：北魏太武帝小字佛狸，率军追王玄谟至长江边，驻军江北瓜步山上，在山上建行宫，后人称为佛狸祠。

⑧一片神鸦社鼓：谓人们已淡忘往事，只知在佛狸祠击鼓社祭，引来乌鸦吃祭品。

⑨"廉颇"二句：据《史记》载："廉颇居梁久之，魏不能信用。赵以数困于秦兵，赵王思复得廉颇，廉颇亦思复用于赵。赵王使者视廉颇尚可用否。廉颇之仇郭开多与使者金，令毁之。赵使者既见廉颇，廉颇为之一饭斗米，肉十斤，被甲上马，以示尚可用。赵使还报王曰：'廉将军虽老，尚善饭，然与臣坐，顷之三遗矢矣。'赵王以为老，遂不召。"

木兰花慢①滁州送范倅②

辛弃疾

老来情味减，对别酒、怯流年③。况屈指中秋，十分好月，不照人圆。无情水都不管，共西风、只管送归船。秋晚莼鲈江上④，夜深儿女灯前。

征衫，便好去朝天⑤。玉殿正思贤。想夜半承明⑥，留教视草⑦，却遣筹边。长安故人问我，道愁肠殢酒只依然⑧。目断秋霄落雁，醉来时响空弦。

注释

①这是一首别情词。上片自离别写起，一个"怯"字，潜含了对岁华逝去，壮志未酬的感慨。月近中秋，人思团圆，而今却目送朋友远去，怨秋水西风无情，使自己独对圆月；羡友人此番离去，得与家人团聚；叹自己江南飘零，不知家在何处。下片转而写对朋友的期望和自己报国之志未酬的苦闷。整首词曲情含苞，而又不失豪迈气势。

②滁州：在今安徽省滁县。倅：地方佐贰副官。

③对别酒、怯流年：苏轼《江神子·冬景》有"对尊前，惜流年"的句子，辛词从此化出。

④莼鲈：莼菜和鲈鱼。代指思乡。

⑤朝天：朝见皇帝。

⑥承明：即承明庐，侍臣所住。

⑦视草：为皇帝草拟制诏之稿。

⑧孱酒：沉湎于酒中。

祝英台近①晚春

辛弃疾

宝钗分②，桃叶渡③。烟柳暗南浦。怕上层楼，十日九风雨。断肠片片飞红，都无人管，更谁劝、啼莺声住？

鬓边觑，试把花卜归期，才簪又重数。罗帐灯昏，呜咽梦中语：是他春带愁来，春归何处？却不解、带将愁去④。

注释

①宋罗濬《宝庆四明志》卷十三："梁山伯、祝英台墓，县西十里，接待院之后，有庙存焉。二人少尝同学，比及三年，而山伯初不知英台之为女也，以同学而同葬。"这是现存文献较早的有关梁祝传说的记录。明陈耀文《天中记》卷十九《冥遇》中记载梁祝故事情节更为详细，并明言梁祝为东晋时人。可以推知，梁祝传说至少在宋代就已在民间广为传播了。词调《祝英台近》即以这一传说为调名。又名《月底修箫谱》、《宝钗分》、《燕莺语》、《寒食词》等。这是一首伤春怀人的词作。从上片南浦赠别，怕上层楼，到下片"花卜归期"，"哽咽梦中语"。纡曲递转，新意迭出。上片"断肠"三句，一波三折。从"飞红"到"啼莺"，从惜春到怀人，层层推进。下片由"占卜"到"梦语"，动作跳跃，由实转虚，表现出痴情人为春愁所苦、无可奈何的心态。

②宝钗分：古时情人分别之际，用女方头上金钗擘为两股以赠别。

③桃叶渡：今南京秦淮河与青溪合流处。传说东晋王献之有妾名桃叶，曾在此渡水。

④"是他春带愁来"以下数句：化自赵彦端《鹊桥仙》："春愁原自逐春来，却不肯、随春归去。"

青玉案①元夕

辛弃疾

东风夜放花千树。更吹落、星如雨②。宝马雕车香满路。凤箫声动，玉壶光转③，一夜鱼龙舞④。

蛾儿雪柳黄金缕⑤。笑语盈盈暗香去。众里寻他千百度。蓦然回首，那人却在，灯火阑珊处⑥。

注释

①这是一首描写上元节盛况的词作。上片渲染上元节热闹的盛况，下片写人，先写盛装打扮、笑语盈盈的游女，然而这些都不是词人关注的对象，词人在寻找那一位幽居空谷，孤高不群的佳人。而她的踪迹总是飘忽不定，让人捉摸不透。就在词人近乎绝望的当口，猛回头，在那一角残灯旁边，分明看见了那位佳人，她原来在这冷落的地方，还未归去，似有所待！发现那人的一瞬间，是人生精神的凝结和升华，是悲喜莫名的感激铭篆，词人竟有如此本领，竟把它变成了笔痕墨影，永志弗灭！

②星如雨：指灯火。《左传庄公七年》："星陨如雨。"

③玉壶：指月亮。

④鱼龙舞：指鱼灯、龙灯之类。

⑤蛾儿、雪柳、黄金缕：都是妇女头上所戴之物。

⑥阑珊：零落。

点绛唇[1] 丁未冬过吴松作

姜 夔

燕雁无心[2]，太湖西畔随云去。数峰清苦。商略黄昏雨[3]。
第四桥边[4]，拟共天随住[5]。今何许。凭阑怀古。残柳参差舞。

注 释

[1]这是一首吊古怀人之作。上片写燕雁无心，随白云而来去；数峰有情，向黄昏而落雨。上片写景，而情景两融，不分彼此。下片吊古伤情，"凭阑怀古"点出题旨，继而以"残柳参差舞"收绾，"无穷哀感，都在虚处；令读者吊古伤今，不能自止"（陈廷焯《白雨斋词话》）。
[2]燕雁：指北方的雁。
[3]商略：商量。
[4]第四桥：即甘泉桥。
[5]天随：即唐陆龟蒙，号天随子。

鹧鸪天[1] 元夕有所梦

姜 夔

肥水东流无尽期。当初不合种相思。梦中未比丹青见，暗里忽惊山鸟啼。
春未绿，鬓先丝[2]。人间别久不成悲。谁教岁岁红莲夜[3]，两处沉吟各自知。

注 释

[1]唐圭璋《唐宋词简释》："此首元夕感梦之作。起句沉痛，

谓水无尽期，犹恨无尽期。'当初'一句，因恨而悔，悔当初错种相思，致今日有此恨也。'梦中'二句，写缠绵颠倒之情，既经相思遂能不忘，以致入梦，而梦中隐约模糊，又不如丹青所见之真。'暗里'一句，谓即此隐约模糊之梦，亦不能久做，偏被山鸟惊醒。换头，伤羁旅之久。'别久不成悲'一语，尤道出人在天涯况味。"

②先丝：先白。

③红莲：灯名。

踏莎行① 自沔东来②丁未元日至金陵江上感梦而作

姜 夔

燕燕轻盈，莺莺娇软。分明又向华胥见③。夜长争得薄情知，春初早被相思染。

别后书辞，别时针线，离魂暗逐郎行远④。淮南皓月冷千山⑤，冥冥归去无人管。

注 释

①这首词写词人曾经的一段恋情。上片写梦境，"轻盈"、"娇软"写梦中所见恋人的举止与体态。"夜长"二句，写梦中恋人的嗔语：你（薄情郎）哪里能知漫漫长夜，相思情苦；每当冬去春来，总是春意未来而相思先至。下片写梦醒之后，睹物思人。词人梦醒后看到恋人寄来的书信、临别时缝补的衣服，再回味梦中相会的情景，不禁悬想，是恋人离魂，不远千里来与自己相会吧，而离魂归去，却只有冷月相伴，是何等的伶仃无依，孤苦凄清。读之，不禁使人心生一种怜惜之情。

②沔：汉阳。

③华胥：指梦中。

④郎行：情郎那边。行，宋时口语，犹言"这边"、"那边"。

⑤淮南：指安徽省合肥市。

庆宫春①双桨莼波

姜 夔

绍熙辛亥除夕，予别石湖归吴兴，雪后夜过垂虹②，尝赋诗云："笠泽茫茫雁影微，玉峰重叠护云衣。长夜寂寞春寒夜，只有诗人一舸归。"后五年冬，吾与俞商卿、张平甫、铦朴翁自封禺同载诣梁溪，道经吴松，山寒天迥，云浪四合，中夕相呼步垂虹，星斗下垂，错杂渔火，朔吹凛凛，厄酒不能支。朴翁以衾自缠，犹相与行吟，因赋此阕，盖过旬涂稿乃定。朴翁咎余无益，然意所耽不能自已也。平甫、商卿、朴翁皆工于诗。所出奇诡。余亦强追逐之，此行既归，各得五十余解。

双桨莼波，一蓑松雨，暮愁渐满空阔。呼我盟鸥③，翩翩欲下，背人还过木末④。那回归去，荡云雪、孤舟夜发。伤心重见，依约眉山，黛痕低压。

采香径里春寒，老子婆娑⑤，自歌谁答？垂虹西望，飘然引去，此兴平生难遏。酒醒波远，正凝想、明珰素袜⑥。如今安在？惟有阑干，伴人一霎。

注 释

①又名《庆春宫》。此调有平韵、仄韵两体，平韵见周邦彦《片玉词》卷六，仄韵见王沂孙《碧山词》。这是一首追念昔游之作。俞陛云《唐五代两宋词选释》："起笔即秀逸而工，承以'盟鸥'三句，着笔轻灵。此下回首前游，凄然凝望，山压眉低，此中当有人在，故下阕言旧地重过，已明珰人去，酒醒波远，倚栏之惆怅可知。"

②垂虹：亭名。

③盟鸥：谓隐士与鸥鸟为伴侣。

④木末：树梢。

⑤老子：作者自称。

⑥珰：妇女戴在耳垂上的一种装饰品。

念奴娇①闹红一舸

姜　夔

余客武陵，湖北宪治在焉。古城野水，乔木参天。余与二三友，日荡舟其间，薄荷花而饮，意象幽闲，不类人境。秋水且涸，荷叶出地寻丈，因列坐其下，上不见日，清风徐来，绿云自动。间于疏处，窥见游人画船，亦一乐也。楬来吴兴②，数得相羊荷花中③，又夜泛西湖，光景奇绝，故以此句写之。

闹红一舸，记来时，尝与鸳鸯为侣。三十六陂人未到④，水佩风裳无数⑤。翠叶吹凉，玉容销酒，更洒菰蒲雨⑥。嫣然摇动，冷香飞上诗句。

日暮。青盖亭亭，情人不见，争忍凌波去。只恐舞衣寒易落，愁入西风南浦。高柳垂阴，老鱼吹浪，留我花间住。田田多少⑦，几回沙际归路。

注　释

①俞陛云《唐五代两宋词选释》："此调工于发端。'闹红一舸'四字，花与人皆在其中。以下三句咏荷及赏荷之人，皆从空际着想。'翠叶'三句略点正面，接以'嫣然'二句，诗意与花香俱摇漾于水烟渺霭之中。下阕怀人而兼惜花，低回不去，而留客赏荷者，托诸'柳阴'、'鱼浪'，仍在空处落笔。通首如仙人行空，足不履地，宜叔夏读之'神观飞越'也。"

②楬来：来到。

③相羊：徜徉。

④陂：池塘。

⑤水佩风裳：指荷叶荷花。

⑥菰蒲：水草。

⑦田田：指荷叶。

扬州慢① 淮左名都

姜　夔

淳熙丙申至日，予过维扬②。夜雪初霁，荠麦弥望。入其城，则四顾萧条。寒水自碧，暮色渐起，戍角悲吟；予怀怆然，感慨今昔，因自度此曲。千岩老人以为有黍离之悲也。

淮左名都，竹西佳处，解鞍少驻初程。过春风十里，尽荠麦青青。自胡马窥江去后③，废池乔木，犹厌言兵。渐黄昏、清角吹寒，都在空城。

杜郎俊赏④，算而今、重到须惊。纵豆蔻词工，青楼梦好⑤，难赋深情。二十四桥仍在，波心荡、冷月无声。念桥边红药，年年知为谁生。

注释

①《扬州慢》为姜夔自度曲，其中原委，已见这首词的小序。又名《朗州慢》。这是一首乱后感怀之作。上片写词人初到扬州的所见所感。有虚写，有实写。"淮左名都"、"竹西佳处"，主要出自词人之前对这座名城的耳闻，属虚写；"废池乔木"、"清角吹寒"，则是词人的亲见。正因有之前的耳闻，才有了当前的触目惊心。下片以昔日繁华，反衬今日之萧飒、冷落。明月应该是今昔荣枯的惟一见证者吧！而冷月无声，一个"冷"字，生出无边凄凉。逢时必发的桥边红药，是有情的吗？她年年花发，又是为谁而生呢？至此，一种旷古的幽怨，笼罩全篇。

②维扬：扬州的别称。

③胡马窥江：宋高宗建炎三年（1129）金人初犯扬州，其后绍

兴三十一年（1161）
再次侵犯扬州。

④杜郎：指杜牧。

⑤"豆蔻"二句：语本杜牧
《赠别》诗"娉娉袅袅十三余，豆蔻
梢头二月初"及《遣怀》诗"十年一觉扬
州梦，赢得青楼薄幸名"。

暗香①旧时月色

姜夔

辛亥之冬，余载雪诣石湖。止既月，授简索句②，且征新声，
作此两曲，石湖把玩不已，使二妓肄习之，音节谐婉，乃名之曰：
《暗香》、《疏影》。

旧时月色。算几番照我，梅边吹笛？唤起玉人，不管清寒与攀
摘。何逊而今渐老③，都忘却、春风词笔。但怪得、竹外疏花，香
冷入瑶席。

江国④。正寂寂，叹寄与路遥，夜雪初积。翠尊易泣，红萼无
言耿相忆⑤。长记曾携手处，千树压、西湖寒碧。又片片吹尽也，
几时见得？

注释

①为姜夔自度曲（参见词前小序）。调名取自林逋《山园小梅》
"疏影横斜水清浅，暗香浮动月黄昏"句。又名《红情》。这是一首
咏梅词。词作以梅花为线索，通过回忆对比，抒写今昔之变和盛衰
之感。

②授简：给予纸笔。

③何逊：南朝梁诗人，在扬州有《咏早梅》诗。

④江国：江乡。

⑤红萼：指红梅。

疏影①苔枝缀玉

姜 夔

苔枝缀玉。有翠禽小小，枝上同宿。客里相逢，篱角黄昏，无言自倚修竹。昭君不惯胡沙远②，但暗忆、江南江北。想佩环，月夜归来，化作此花幽独。

犹记深宫旧事③，那人正睡里，飞近蛾绿④。莫似春风，不管盈盈，早与安排金屋。还教一片随波去，又却怨、玉龙哀曲。等恁时、重觅幽香，已入小窗横幅。

注 释

①据姜夔小序，词人"作此两曲"，则《疏影》与《暗香》从音乐上讲是两只曲子，从词篇上讲却是一个题目。《疏影》与《暗香》两篇，在谋篇布局上有岭断云连之妙，《暗香》立意已如前述，《疏影》则集中描绘梅花清幽孤傲的形象。寄托作者对青春、对美好事物的怜爱之情。

②昭君：即王昭君。远嫁匈奴，故想念中原。

③深宫旧事：据《太平御览》载，宋武帝女寿阳公主卧于含章殿下，有梅花落公主额上，成五出花，后即以此为梅花妆。

④蛾绿：指眉黛。

唐多令①芦叶满汀洲

刘 过

安远楼小集②，侑觞歌板之姬③黄其姓者，乞词于龙洲道人，为赋此。同刘阜之、刘去非、石民瞻、周嘉仲、陈孟参、孟容，时八月五日也。

芦叶满汀洲。寒沙带浅流。二十年重过南楼。柳下系船犹未稳，能几日、又中秋。

黄鹤断矶头④。故人今在否？旧江山、浑是新愁。欲买桂花同载酒⑤，终不似、少年游。

注释

①《太和正音谱》归入越调，亦入高平调。一名《糖多令》，周密因刘过词有'二十年重过南楼'句，名《南楼令》，张翥词有'花下钿箜篌'句，名《箜篌曲》。这是一首登临名作。作者借重过武昌南楼之机，感慨时事，抒写昔是今非和怀才不遇的思想感情。整首词写得蕴藉含蓄，耐人咀嚼。

②安远楼：楼名。

③侑觞：劝酒。

④黄鹤矶：在今湖北武昌近江处。相传仙人乘黄鹤曾到此处，后有人建楼以记之。

⑤桂花：酒名。

绮罗香①咏春雨

史达祖

做冷欺花，将烟困柳，千里偷催春暮。尽日冥迷②，愁里欲飞还住。惊粉重、蝶宿西园，喜泥润、燕归南浦。最妙它、佳约风流，钿车不到杜陵路③。

沉沉江上望极，还被春潮晚急，难寻官渡④。隐约遥峰，和泪谢娘眉妩⑤。临断岸、新绿生时，是落红、带愁流处。记当日、门掩梨花，剪灯深夜语。

注释

①此为史达祖自度曲。又名《绮罗春》。这是一首歌咏春雨的咏物词。上片写作者在庭院中所见。下片转为写春雨中的郊野景色。《词洁辑评》对全词的评价是："无一字不与题相依，而结尾始出'雨'字，中边皆有，前后两段七字句，于正面尤看到，如意宝珠，玩弄难于释手。"

②冥迷：昏暗迷离。

③杜陵：地名，即杜县。后因汉宣帝葬此而更名杜陵。

④官渡：公家开设的渡口。

⑤谢娘：即谢秋娘，唐李德裕的歌妓。

双双燕①咏燕

史达祖

过春社了，度帘幕中间，去年尘冷。差池欲住②，试入旧巢相并。还相雕梁藻井③，又软语、商量不定。飘然快拂花梢。翠尾分开红影。

芳径。芹泥雨润。爱贴地争飞，竞夸轻俊。红楼归晚，看足柳昏花暝。应自栖香正稳，便忘了、天涯芳信。愁损翠黛双蛾，日日画阑独凭。

注释

①此为史达祖自度曲。这是一首歌咏燕子的咏物词。词体正文通篇不出"燕"字，而句句写燕，极妍尽态，神形毕肖。而又不觉繁复。王士祯《花草蒙拾》云："咏物至此人，巧极天工矣！"

②差池：燕子飞时羽翼参差不齐貌。

③相：看。藻井：俗称天花板。

东风第一枝^①咏春雪

史达祖

巧沁兰心，偷黏草甲^②，东风欲障新暖。谩疑碧瓦难留，信知暮寒犹浅。行天入镜，做弄出、轻松纤软。料故园、不卷重帘，误了乍来双燕。

青未了、柳回白眼。红欲断、杏开素面。旧游忆著山阴^③，后盟遂妨上苑^④。寒炉重暖，便放慢、春衫针线。恐凤靴、挑菜归来，万一灞桥相见^⑤。

注释

①相传宋吕渭老首创此调以咏梅，其词已佚。这是一首歌咏春雪的咏物词。词人以细腻的笔触，绘形绘神，写出春雪的特点，以及雪中草木万物的千姿百态。陈廷焯《白雨斋词话》卷二评此词道："精妙处竟是清真高境。张玉田云：'不独措辞精粹，又见时节风物之感。'乃深知梅溪者"

②草甲：草萌芽时所带种皮。

③山阴：今绍兴。

④上苑：指梁苑，即兔园。

⑤灞桥：桥名。在今陕西省西安市东。

玉蝴蝶^①晚雨未摧宫树

史达祖

晚雨未摧宫树，可怜闲叶，犹抱凉蝉。短景归秋，吟思又接愁边。漏初长、梦魂难禁，人渐老、风月俱寒。想幽欢、土花庭甃^②，虫网阑干。

无端啼蛄搅夜③，恨随团扇，苦近秋莲。一笛当楼，谢娘悬泪立风前④。故园晚、强留诗酒，新雁远、不致寒暄。隔苍烟、楚香罗袖，谁伴婵娟。

注释

①调见《花间集》卷一温庭筠词。又名《玉蝴蝶令》、《玉蝴蝶慢》。这是一首思乡怀人之作。上片写秋雨登楼，远眺生悲。下片写身世漂泊，归期无定，唯有把酒慰愁，暂提精神。

②土花：指苔藓。庭甃：井壁。

③啼蛄：即蝼蛄。雄虫能鸣，昼伏土穴，夜出飞翔。

④谢娘：即谢秋娘。

生查子①元夕戏陈敬叟

刘克庄

繁灯夺霁华②，戏鼓侵明发③。物色旧时同，情味中年别。
浅画镜中眉，深拜楼西月。人散市声收，渐入愁时节。

注释

①这是一首元夕戏友之作。上片写元宵的盛况和词人的感受。首二句写花灯万盏，街市如昼，末二句，写词人感慨：元宵节年年

相同，不同的是人生况味。下片戏友，对镜画眉，款款拜月，此是戏言。结二句，人去冷清，戏罢愁来。

②霁华：明朗貌。

③明发：黎明。

贺新郎①九日

刘克庄

湛湛长空黑②。更那堪、斜风细雨，乱愁如织。老眼平生空四海，赖有高楼百尺。看浩荡、千崖秋色。白发书生神州泪，尽凄凉、不向牛山滴③。追往事，去无迹。

少年自负凌云笔④。到而今、春华落尽，满怀萧瑟。常恨世人新意少，爱说南朝狂客。把破帽、年年拈出。若对黄花孤负酒，怕黄花、也笑人岑寂。鸿北去，日西匿。

注释

①这是一首重阳登高抒怀之作。上片"湛湛长空"是高楼眺望所见，空间开阔，"黑"字表述心情之沉重。"更那堪"句笔调忽转细腻而情绪低沉。"老眼"二句再度堆起气势。"浩荡"二字，描绘千崖秋色，胸襟为之开阔。下片从今昔对比中发出深沉叹息，渲染家国之恨。继而写饮酒，语颇颠狂，赏花饮酒，聊以自慰，但是，萧瑟岑寂之感是破除不了的。仔细体味起来，词句之中仍然隐含着悲凉的情调。结句写天际广漠之景物，与首句相呼应。

②湛湛：浓重貌。

③牛山滴：据《晏子春

秋》载，"景公游于牛山，北临其国而流涕"。

④凌云笔：指才华横溢。

木兰花①戏林推

刘克庄

年年跃马长安市。客舍似家家似寄。青钱换酒日无何，红烛呼卢宵不寐②。

易挑锦妇机中字③。难得玉人心下事。男儿西北有神州，莫滴水西桥畔泪。

注　释

①这是一首规劝友人的词作。上片极力描写朋友的浪漫和豪迈。下片规劝朋友，含蓄地指出他迷恋青楼，疏远家室的错误。整首词气劲辞婉，外柔中刚。

②呼卢：赌博之戏。

③锦妇机中字：即指锦字书。

江城子①画楼帘暮卷新晴

卢祖皋

画楼帘暮卷新晴。掩银屏。晓寒轻。坠粉飘香，日日唤愁生。暗数十年湖上路，能几度、著娉婷。

年华空自感飘零。拥春醒②。对谁醒。天阔云闲，无处觅箫声。载酒买花年少事，浑不似、旧心情。

注　释

①这是一首伤春怨别词。上片首句描写一幅明朗的景色。"掩

银屏，晓寒轻"二句，却暗含着一个情感的过渡。"坠粉飘香"，言花事阑珊，春色渐老。于是，"日日唤愁生"就很自然了，"暗数"句，饱含低徊自怜之情韵，"十年"表时间之长。末句以问句出，表达了心口自问，缠绵悱恻之意绪。下片开头"年华"一句，紧承上片的"愁"字。一个"空"字，有虚度之意。"拥春酲"言希望醉中忘却烦恼，"对谁醒"言酒醒过来对谁倾诉呢？"天阔云闲"，既写实，又写虚，可谓情景交融，意境深远。结句言人已老，已无年少时的轻狂了！不尽惆怅之情低回萦绕，久久不去。

②酲：醉酒。

宴清都①连理海棠

吴文英

绣幄鸳鸯柱。红情密、腻云低护秦树。芳根兼倚，花梢钿合②，锦屏人妒。东风睡足交枝，正梦枕、瑶钗燕股③。障滟蜡、满照欢丛④，蛱蟾冷落羞度⑤。

人间万感幽单，华清惯浴，春盎风露⑥。连鬟并暖，同心共结，向承恩处。凭谁为歌长恨，暗殿锁、秋灯夜语。叙旧期、不负春盟，红朝翠暮。

注 释

①这是一首歌咏海棠的词作，词人借咏连理海棠来歌咏人间情爱。上片写连理海棠之恩爱情态。佳美海棠，恩爱双栖，地下芳根勾连，空中花梢偎依，闺中少妇见而起妒，月中嫦娥睹而含羞，东风催寝，交枝相境，梦乡神游，钗股并蒂。恨花时之短促，举华烛以继夜。下片写人间情事。见海棠之连理，思人间之幽单，华清赐浴，玉环承恩泽独多；连鬟并暖，玄宗愿同心共结。凭谁问，恩爱幻作长恨，供后人歌。只留得，长生殿里，秋灯夜语：到何时，重续前缘，朝朝暮暮，比翼连理。

②钿合：形容海棠花之光耀。

③瑶钗燕股：印玉燕钗。

④滟蜡：跳跃的烛光。

⑤嫠蟾；孤独的月亮。

⑥盎：茂盛。

齐天乐① 烟波桃叶西陵路

吴文英

烟波桃叶西陵路②，十年断魂潮尾。古柳重攀，轻鸥聚别，陈迹危亭独倚。凉飔乍起③。渺烟碛飞帆④，暮山横翠。但有江花，共临秋镜照憔悴。

华堂烛暗送客，眼波回盼处，芳艳流水。素骨凝冰，柔葱蘸雪，犹忆分瓜深意。清尊未洗，梦不湿行云，漫沾残泪。可惜秋宵，乱蛩疏雨里⑤。

注释

①这是一首故地重游，伤今感昔之作。上片写眼前之景，首二句提起往事：距上次西陵诀别已经十年了。而今故地重游，陈迹宛然，树犹如此，人何以堪。下片追忆当年相送。当年情景宛如眼前：临别之际，柔媚万端。一别之后，以酒浇愁，夜不成寐。此去黄泉，秋宵无伴，乱蛩疏雨，如何成眠。

②桃叶：即桃叶渡。此泛指渡口。西陵：桥名，在杭州西湖孤山下。

③飔：冷风。

④烟碛：远处迷蒙的沙岸。

⑤蛩：蟋蟀。

花犯①郭希道送水仙索赋

吴文英

小娉婷，清铅素靥②，蜂黄暗偷晕③。翠翘欹鬓④。昨夜冷中庭，月下相认。睡浓更苦凄风紧。惊回心未稳。送晓色、一壶葱茜⑤，才知花梦准。

湘娥化作此幽芳⑥，凌波路⑦，古岸云沙遗恨。临砌影，寒香乱，冻梅藏韵。熏炉畔、旋移傍枕，还又见、玉人垂绀鬒⑧。料唤赏、清华池馆，台杯须满引。

注 释

①这是一首歌咏水仙的咏物词。上片写梦花，得花：昨夜入梦，梦中一株堪比仙女的水仙花。凄风惊梦，梦回之际，正担心的水仙花，就摆在面前。才知花梦之准。下片写恋花，赏花。以人比花，人花相恋。"湘娥"、"凌波"，写水仙身姿之曼妙；"临砌影"以下三句，以花比花，言水仙有梅花一样的高洁。"熏炉"二句，言词人护花之举；末二句，写与友人一起赏花的快乐。

②靥：酒窝。

③蜂黄：唐代宫妆。形容水仙花蕊。

④翠翘：翠玉头饰。形容水仙绿叶。

⑤葱茜：青翠茂盛貌。

⑥湘娥：湘水女神。

⑦凌波：水仙花又称作凌波仙子，故名。

⑧绀鬒：青发。

点绛唇①试灯夜初晴②

吴文英

卷尽愁云，素娥临夜新梳洗③。暗尘不起。酥润凌波地。
辇路重来，仿佛灯前事。情如水。小楼熏被。春梦笙歌里。

注释

①俞陛云《唐五代两宋词选释》："此词亦记灯市之游。雨后月出，以素娥梳洗状之，语殊妍妙。下阕回首前游，辇路笙歌，犹闻梦里，今昔繁华之境，皆在梨雪漠漠中，词境在空际描写。"
②试灯夜：元宵节前夜。
③素娥：指明月。

祝英台近①春日客龟溪游废园

吴文英

采幽香，巡古苑，竹冷翠微路。斗草溪根②，沙印小莲步③。
自怜两鬓清霜，一年寒食，又身在、云山深处。

昼闲度。因甚天也悭春④，轻阴便成雨。绿暗长亭，归梦趁风
絮。有情花影阑干，莺声门径，解留我、霎时凝伫。

注释

①这是一首寒食节游览废园的记游之作。上片写游园，下片写
梦魂归乡。俞陛云《唐五代两宋词选释》：以双鬓词人，当禁烟芳
序，在冷香芳圃间独自行吟，况莲步沙痕，曾是丽人游处，自有一
种凄清之思。对值春阴酿雨，花影絮香，作片时留恋，于无情处生
情，词客每有此遐想。"长亭"二句风度悠然。"花影"三句为废圃

顿添情致，到底不懈。

②斗草：古代的一种游戏。

③莲步：女子脚步。

④悭：吝啬。

澡兰香① 淮安重午

吴文英

盘丝系腕②，巧篆垂簪，玉隐绀纱睡觉③。银瓶露井，彩箑云窗④，往事少年依约。为当时、曾写榴裙，伤心红绡褪萼。黍梦光阴⑤，渐老汀洲烟蒻⑥。

莫唱江南古调，怨抑难招，楚江沉魄⑦。熏风燕乳，暗雨梅黄，午镜澡兰帘幕。念秦楼、也拟人归，应剪菖蒲自酌⑧。但怅望、一缕新蟾⑨，随人天角。

注释

①吴文英自度曲。因词中有"午镜澡兰帘幕"，取为调名。这是一首重午盼归之作。陈洵《海绡说词》：此怀归之赋也。起五句全叙往事，至第六句点出写裙，是睡中事。"榴"字融人事入风景，"褪萼"见人事都非，却已风景不殊作结。后片纯是空中设景，主意在"念秦楼，也拟人归"一句。"归"字紧与"招"字相应，言家人望己归，如宋玉之招屈原也。既欲归不得，故曰"难招"，曰"莫唱"，曰"但怅望"，则"也拟"亦徒然耳。击首则尾应，击尾则首应，击中间则首尾皆应，阵势奇变极矣。金针度人全在数虚字，屈原事，不过估古以陈今。"熏风"三句，是家中节物。秦楼倒影，秦楼用弄玉事，谓家所在。

②盘丝系腕：端午节时在腕上系五色丝线。

③绀纱：青纱。

④彩箑：彩扇。

⑤黍梦：黄粱梦。

⑥烟蒻：柔嫩的蒲草。

⑦楚江沉魄：指屈原。

⑧应剪菖蒲自酌：端午节，剪菖蒲浸酒，传说可避瘟气。

⑨新蟾：新月。

莺啼序^①春晚感怀

吴文英

残寒正欺病酒，掩沉香绣户。燕来晚、飞入西城，似说春事迟暮。画船载、清明过却，晴烟冉冉吴宫树。念羁情游荡，随风化为轻絮。

十载西湖，傍柳系马，趁娇尘软雾。溯红渐、招入仙溪^②，锦儿偷寄幽素^③。倚银屏、春宽梦窄，断红湿、歌纨金缕^④。暝堤空，轻把斜阳，总还鸥鹭。

幽兰旋老，杜若还生，水乡尚寄旅。别后访、六桥无信^⑤，事往花委，瘗玉埋香，几番风雨。长波妒盼，遥山羞黛，渔灯分影春江宿。记当时、短楫桃根渡，青楼仿佛。临分败壁题诗，泪墨惨淡尘土。

危亭望极，草色天涯，叹鬓侵半苎^⑥。暗点检、离痕欢唾，尚染鲛绡^⑦，抟凤迷归^⑧，破鸾慵舞^⑨。殷勤待写，书中长恨，蓝霞辽海沉过雁。漫相思、弹入哀筝柱。伤心千里江南，怨曲重招，断魂在否？

注释

①调始见吴文英《梦窗词》，为词调中字数最多的一首。"序"，盖大曲之序乐。一说"序"即"叙"，铺叙之意。俞陛云《唐五代两宋词选释》：题虽咏荷，因和友韵，非专赏荷花，故叙事多而咏花少。首段言折花而归，这段怀人，三段忆西湖旧游，四段咏荷而

兼感怀。全篇二百数十字，其精撰处在三段"鲛绡"以下数语、四段"残蝉"以下数语，及歇拍三句，藻采组织，而神韵流转，旨趣弥永。

②仙溪：据《幽明录》载，刘晨、阮肇入天台山，在溪边遇二仙女故事。

③锦儿：钱塘名妓杨爱爱的侍儿。幽素：代指书信。

④断红：指眼泪。

⑤六桥：杭州西湖堤桥。

⑥苎：麻类植物，背面白色。此处形容发白如苎。

⑦鲛绡：指罗帕。

⑧鬒凤：谓垂翅之凤。

⑨破鸾：指破镜。

高阳台①落梅

吴文英

宫粉雕痕，仙云堕影，无人野水荒湾。古石埋香，金沙锁骨连环。南楼不恨吹横笛，恨晓风、千里关山。半飘零、庭上黄昏，月冷阑干。

寿阳空理愁鸾②。问谁调玉髓③，暗补香瘢④。细雨归鸿，孤山无限春寒。离魂难倩招清此，梦缟衣、解佩溪边⑤。最愁人、啼鸟晴明，叶底青圆。

注释

①这是一首歌咏落梅的咏物词。上片渲染落梅所处的凄清环境，野水荒湾，古石埋香，晓风横笛，千里关山，黄昏冷月，读来清幽之感，无可复加。下片写梅之情，梅之魂。细雨归鸿，孤山春寒，啼鸟晴明，叶底清圆，写景空灵无迹，不可捉摸。

②寿阳：南朝宋寿阳公主，因梅落额头而作梅花妆。鸾：指

铜镜。

③玉髓：香料名。

④瘢：斑痕。

⑤缟衣：白衣。

八声甘州① 灵岩陪庾幕诸公游

吴文英

渺空烟，四远是何年、青天坠长星？幻苍崖云树，名娃金屋②，
残霸宫城③。箭径酸风射眼，腻水染花腥。时靸双鸳响，廊叶秋
声④。

宫里吴王沉醉，倩五湖倦客⑤，独钓醒醒。问苍波无语，华发
奈山青。水涵空、阑干高处，送乱鸦、斜日落渔汀。连呼酒、上琴
台去，秋与云平。

注 释

①陈洵《海绡说
词》：换头三句，不过言
山容水态，如吴王范蠡
之醉醒耳。"苍波"承
"五湖"，"山青"承"宫
里"，独醒无语，沉醉奈
何，是此词最沉痛处。
今更为推演之，盖惜夫
差之受欺越王也。长颈
之毒，蠡知之而王不知，

则王醉而蠡醒矣。女真之猾，甚于勾践。北狩之辱，奇于甬东。五
国城之崩，酷于卑犹位。

②名娃金屋：吴王夫差为西施所筑的馆娃宫。

③残霸：吴王夫差曾破越败齐，一度称霸，后国破身亡，故称。

④"时靸"二句：馆娃宫中有响屐廊，人行其上，空空作响。靸，穿。

⑤五湖倦客：指范蠡。

踏莎行① 润玉笼绡

吴文英

润玉笼绡，檀樱倚扇。绣圈犹带脂香浅②。榴心空叠舞裙红，艾枝应压愁鬟乱③。

午梦千山，窗阴一箭。香瘢新褪红丝腕。隔江人在雨声中，晚风菰叶生秋怨④。

注 释

①这是一首端午节感梦怀人的词作。上片写歌女舞罢小憩的睡姿。下片首二句写午梦方醒，揭出上片全为梦境。接着，词人思绪又回到梦中，仿佛又看到佳人系着红丝带手腕。雨声再度将词人从梦中拉回，江雨细密，菰叶瑟瑟，心中凛然生一种秋意。整首词写得腾挪跌宕，空灵无迹，难以捉摸。

②绣圈：绣花妆。

③艾枝：端午节时采艾叶制成虎形戴于发间，可辟邪。

④菰：俗称茭白。

夜游宫① 人去西楼雁杳

吴文英

人去西楼雁杳。叙别梦、扬州一觉。云澹星疏楚山晓。听啼乌，立河桥②，话未了。

雨外蛩声早。细织就、霜丝多少③。说与萧娘未知道④。向长安，对秋灯，几人老。

注释

①调见毛滂《东堂词》。贺铸词有"可怜许彩云漂泊"句，故又名《念彩云》。又因有"江北江南新念别"句，亦名《新念别》。这是一首怀念亡妻的词作。上片写人去楼空，音讯全无，说不清是梦是幻，弹指间，已是十年。恍然梦中相见：云淡星疏，楚山将晓，乌啼声里，小河桥上，相思情话未了，转眼音容又杳。下片写梦回惊秋，隔雨蛩鸣，不堪数，相思情愁，织就多少霜丝；向谁诉，萧娘不知，独自对灯伤老。

②河桥：指送别之地。

③霜丝：指白发。

④萧娘：泛称女子。

青玉案① 新腔一唱双金斗

吴文英

新腔一唱双金斗②。正霜落、分柑手。已是红窗人倦绣。春词裁烛，夜香温被，怕减银壶漏。

吴天雁晓云飞后。百感情怀顿疏酒。彩扇何时翻翠袖。歌边拌取，醉魂和梦，化作梅花瘦。

注释

①俞陛云《唐五代两宋词选释》："上阕回首当年之事。对酒闻歌以后，更红烛温香，何等风怀旖旎。乃雁断云飞以后，百感都来，既酒边人去，醉魂无着，只堪寄与梅花。与'约个梅魂，轻怜细语'句，皆写无聊之思，绮语而兼幽想也。"

②金斗：酒杯。

金缕歌^①陪履斋先生沧浪看梅^②

吴文英

乔木生云气。访中兴、英雄陈迹，暗追前事。战舰东风悭借便^③，梦断神州故里。旋小筑、吴宫闲地。华表月明归夜鹤^④，叹当时、花竹今如此。枝上露，溅清泪。

遨头小簇行春队^⑤。步苍苔、寻幽别坞，问梅开未。重唱梅边新度曲，催发寒梢冻蕊。此心与东君同意。后不如今非昔，两无言、相对沧浪水。怀此恨，寄残醉。

①这首词借沧浪亭看梅怀念抗金名将韩世忠并感及时事。上片从韩世忠沧浪亭别墅写起，感叹主战遭谗，中兴遭挫，报国无门。下片从赏梅写起，以"问梅"、"催梅"隐喻词人对边事日亟、将无韩岳、国脉微弱的担忧。
②沧浪：亭名。在今苏州。
③战舰东风：指韩世忠黄天荡之捷。
④华表月明归夜鹤：用丁令威事。
⑤遨头：指太守。

唐多令^①惜别

吴文英

何处合成愁。离人心上秋^②。纵芭蕉、不雨也飕飕^③。都道晚凉天气好，有明月、怕登楼。

年事梦中休。花空烟水流。燕辞归、客尚淹留。垂柳不萦裙带住，漫长是、系行舟。

注 释

①这首词抒写秋日游子的离愁别绪。上片写羁旅秋思。下片写年光过尽，往事如梦。羁身异乡，已是凄清。客中送客，人更孤零。整首词不事雕琢，自然浑成，在吴词中当属别格。

②心上秋：即"愁"字。

③飕飕：象声词。

湘春夜月① 近清明

黄孝迈

近清明，翠禽枝上消魂。可惜一片清歌，都付与黄昏。欲共柳花低诉，怕柳花轻薄，不解伤春。念楚乡旅宿，柔情别绪，谁与温存。

空尊夜泣，青山不语，残照当门。翠玉楼前，惟是有、一陂湘水②，摇荡湘云。天长梦短，问甚时、重见桃根。者次第③，算人间、没个并刀④，剪断心上愁痕。

注 释

①此调为黄孝迈自度曲，并选取词中"湘"、"春"、"夜"、"月"字样名调。这首词内容与调名切合，描绘湘水之滨的春夜月色，抒发"楚乡旅宿"时伤春恨别的情绪。上片写伤春。下片词人紧紧抓住"湘春夜月"的景色特点，将深沉的离愁别恨熔铸进去，造成了动人的艺术效果。

②陂：湖泊。

③者：同"这"。

④并刀：并州产的刀，以锋利著名。

大有①九日

潘希白

戏马台前，采花篱下，问岁华、还是重九②。恰归来、南山翠色依旧。帘栊昨夜听风雨，都不似、登临时候。一片宋玉情怀③，十分卫郎清瘦④。

红萸佩，空对酒。砧杵动微寒，暗欺罗袖。秋已无多，早是败荷衰柳。强整帽檐敧侧，曾经向、天涯搔首。几回忆、故国莼鲈，霜前雁后。

注　释

①调见周邦彦《片玉集》卷五。这是一首重阳抒怀之作。上片写悲秋之情，词人于重九之日，赏菊东篱，平添许多悲秋情怀。下片写思乡之情，赏菊归来，独对酒杯，闻砧声而生悲，见衰柳而搔首，计归程，当在霜前燕后。

②重九：即旧历九月初九重阳节。

③宋玉情怀：指悲秋情怀。宋玉《九辩》有"悲哉，秋之为气也"句。

④卫郎：指晋人卫玠。

青玉案①年年社日停针线

黄公绍

年年社日停针线②。怎忍见、双飞燕。今日江城春已半。一身犹在，乱山深处，寂莫溪桥畔。

春衫著破谁针线。点点行行泪痕满。落日解鞍芳草岸。花无人戴，酒无人劝。醉也无人管。

注释

①这是一首社日思归怀人之作。上片词人悬想远方闺中人社日停针后，如何排解相思愁绪。同时写自己客居他乡的羁旅愁思。下片写春衫已破，谁为补缀，每一念此，清泪洒衣。落日时分，驻马解鞍，虽有鲜花，却无人佩戴；便有美酒，亦无人把盏。纵然拼却一醉，又有谁能扶归。凄清、寂冷，一至于此。

②社日：祭社神的日子。停针线：唐宋时期的妇人在社日忌用针线。

摸鱼儿① 对西风

朱嗣发

对西风、鬓摇烟碧，参差前事流水。紫丝罗带鸳鸯结，的的镜盟钗誓。浑不记，漫手织回文，几度欲心碎。安花著蒂，奈雨覆云翻，情宽分窄②，石上玉簪脆。

朱楼外，愁压空云欲坠。月痕犹照无寐。阴晴也只随天意，枉了玉消香碎。君且醉。君不见、长门青草春风泪③。一时左计④，悔不早荆钗，暮天修竹，头白倚寒翠⑤。

注释

①这是一首弃妇词，借弃妇之恨，寄托亡国之思。上片写女子遭遗弃后的哀怨之情，下片写女子尽管凄苦艰辛，却能够清操自守，矢志不悔。

②分：缘分。

③长门：汉宫名。

④左计：失策。

⑤"暮天"二句：语本杜

124

甫《佳人》诗"天寒翠袖薄，日暮倚修竹"。

兰陵王[①]丙子送春

刘辰翁

送春去。春去人间无路。秋千外、芳草连天，谁遣风沙暗南浦。依依甚意绪。漫忆海门飞絮[②]。乱鸦过、斗转城荒，不见来时试灯处。

春去谁最苦。但箭雁沉边，梁燕无主。杜鹃声里长门暮。想玉树凋土[③]。泪盘如露。咸阳送客屡回顾，斜日未能度。

春去尚来否。正江令恨别[④]，庾信愁赋，二人皆北去。苏堤尽日风和雨[⑤]。叹神游故国，花记前度。人生流落，顾孺子，共夜语。

注 释

①这首词写送春，实际是哀悼南宋王朝的灭亡。词分三片，上片写临安失陷后的衰败景象及词人的感受，中片写春天归去以后，南宋君臣与庶民百姓所遭受的亡国之痛，下片写故国之思。卓人月《古今词统》："送春去"二句悲绝。春去谁最苦"四句凄清，何减夜猿，第三叠悠扬悱恻，即以为《小雅》、《楚骚》可也。

②海门：县名。

③玉树凋土：喻指国破家亡。

④江令：指江淹。作有《恨赋》、《别赋》，表达悲痛之情。

⑤苏堤：在杭州西湖中，苏东坡筑。

宝鼎现[①]春月

刘辰翁

红妆春骑。踏月影、竿旗穿市。望不尽、楼台歌舞，习习香尘莲步底。箫声断、约彩鸾归去②，未怕金吾呵醉③。甚辇路、喧阗且止。听得念奴歌起④。

父老犹记宣和事⑤。抱铜仙、清泪如水⑥。还转盼、沙河多丽⑦。滉漾明光连邸第。帘影冻、散红光成绮。月浸葡萄十里。看往来、神仙才子。肯把菱花扑碎。

肠断竹马儿童，空见说、三千乐指。等多时、春不归来，到春时欲睡。又说向、灯前拥髻。暗滴鲛珠坠⑧。便当日、亲见霓裳，天上人间梦里。

注释

①调见《中吴纪闻》卷五宋范周词。又名《三段子》、《宝鼎见》、《宝鼎儿》、《宝鼎词》等。俞陛云《唐五代两宋词选释》：刘在宋末隐遁不仕，此为感旧之作。上段先述元夕之盛，中段从父老眼中曾见宣和往事，朱邸豪华，铜街士女，只赢得铜仙对泣，已极伤怀。下阕言大好春色而畏逢春色，有怀莫述，归向绿窗人灯前掩泪，尤为凄黯。

②彩鸾：传说中的仙女。

③金吾：官名。

④念奴：歌妓名。

⑤宣和事：指北宋徽、钦二宗被掳事。

⑥抱铜仙、清泪如下：用金铜仙人辞汉归魏事。

⑦沙河：塘名。

⑧鲛珠：指眼泪。

摸鱼儿①酒边留同年徐云屋

刘辰翁

怎知他、春归何处？相逢且尽尊酒。少年袅袅天涯恨，长结西湖烟柳。休回首，但细雨断桥，憔悴人归后。东风似旧。问前度桃花，刘郎能记，花复认郎否②？

君且住，草草留君翦韭③，前宵正恁时候。深杯欲共歌声滑，翻湿春衫半袖。空眉皱，看白发尊前，已似人人有。临分把手。叹一笑论文，清狂顾曲④，此会几时又？

注 释

①这是一首席间送别友人的词作，寄托了故国之思。上片写自己客中送客的愁思，忆昔感今，讽刺了元代的新贵。下片写依依送客之情，同时又兼及自己，感时伤老。

②"东风"四句：语本刘禹锡诗"种桃道士今何去，前度刘郎今又来"。

③剪韭：指留客。杜甫《赠卫八处士》："夜雨剪春韭，新炊间黄粱。"

④顾曲：指欣赏音乐。

瑶花慢①朱钿宝玦

周 密

后土之花②，天下无二本。方其初开，帅臣以金瓶飞骑进之天上，间亦分致贵邸。余客辇下，有以一枝（下缺。按他本题改作"琼花"）。

朱钿宝玦③。天上飞琼，比人间春别。江南江北曾未见，漫拟梨云梅雪。淮山春晚，问谁识、芳心高洁？消几番、花落花开，老了玉关豪杰！

金壶翦送琼枝，看一骑红尘④，香度瑶阙⑤。韶华正好，应自喜、初识长安蜂蝶。杜郎老矣⑥，想旧事、花须能说。记少年、一梦扬州，二十四桥明月⑦。

注 释

①调见吴文英《梦窗丁稿》。又名瑶华慢。这是一首以咏琼花来讽喻政治的词作。上片起首三句赞美琼花的特异资质，天下无双，为花中极品。"江南"二句说此花名贵，不同于梨花梅花，世人亦不能辨识。"淮山"以下，言南宋北界的淮水旁正是琼花生长的地方，胡尘弥漫，兵戈挠攘，故国难复，琼花也为之浩叹！下片换头三句讽刺当年宋宫赏花之举，次二句写当年花动京城，"杜郎"以下，回忆往事，无限向往之至。

②后土：后土祠，在扬州。

③玦：玉佩。

④一骑红尘：语本杜牧《华清宫绝句》"一骑红尘妃子笑，无人知是荔枝来"。

⑤瑶阙：宫阙。

⑥杜郎：杜牧。

⑦"记少年"二句：语本杜牧《寄扬州韩绰判官》"二十四桥

明月夜，玉人何处教吹箫"。

玉京秋^①烟水阔

周 密

长安独客，又见西风，素月丹枫，凄然其为秋也，因调夹钟羽一解。

烟水阔。高林弄残照，晚蜩凄切^②。碧砧度韵，银床飘叶^③。衣湿桐阴露冷，采凉花、时赋秋雪^④。叹轻别。一襟幽事，砌蛩能说^⑤。

客思吟商还怯。怨歌长、琼壶暗缺。翠扇恩疏，红衣香褪，翻成消歇。玉骨西风，恨最恨、闲却新凉时节。楚箫咽，谁倚西楼淡月。

少年读宋词三百首

注释

①为周密自度曲。调见《蘋州渔笛谱》卷一。这是一首感秋怀人的词。词的上片先写景，由远至近，展现出辽阔苍茫的秋天景色。"衣湿"二句才出现了感怀秋伤之人。"叹轻别"以下，追悔畴昔离别，慨叹相见无期。下片倾诉别恨，极写客愁之秋怨。整首词结构严密，井然有序，语言

129

精炼，着笔清雅。

②蜩：蝉。

③银床：指井架。

④秋雪：指芦花。

⑤砌虫：指蟋蟀。

曲游春① 禁烟湖上薄游

周　密

禁烟湖上薄游，施中山赋词甚佳，余因次其韵。盖平时游舫，至午后则尽入里湖，抵暮始出断桥，小驻而归，非习于游者不知也。故中山极击节余"闲却半湖春色"之句，谓能道人之所未云。

禁苑东风外②，飏暖丝晴絮③，春思如织。燕约莺期。恼芳情偏在，翠深红隙。漠漠香尘隔，沸十里、乱丝丛笛。看画船、尽入西泠④，闲却半湖春色。

柳陌。新烟凝碧。映帘底宫眉，堤上游勒⑤。轻暝笼寒，怕梨云梦冷，杏香愁幂⑥。歌管酬寒食。奈蝶怨良宵岑寂⑦。正满湖碎月摇花，怎生去得？

注释

①调见《绝妙好词》卷四宋施岳词。这是一首寒食节游湖之作。上片写清明景色及词人的春思情愫，继而写十里湖面，画船笙歌，繁华喧闹的景象，词人自己的特殊感受和遐思也融汇其中。下片写游人逐渐散去、寂静清幽的西湖夜色，前后映照，

层次分明，时间、空间在不断移换，这种多彩多变的写法令人耳目一新，击节称叹。

②禁苑：皇家园林。

③飐：飘扬。

④西泠：即西泠桥。在西湖。

⑤游勒：游骑。

⑥幂：形容深浓。

⑦岑寂：清冷，孤寂。

绣鸾凤花犯①赋水仙

周 密

楚江湄②，湘娥乍见③，无言洒清泪。淡然春意。空独倚东风，芳思谁寄。凌波路冷秋无际。香云随步起。谩记得，汉宫仙掌④，亭亭明月底。

冰弦写怨更多情，骚人恨，枉赋芳兰幽芷⑤。春思远，谁叹赏、国香风味。相将共、岁寒伴侣，小窗静、沈烟熏翠袂。幽梦觉、涓涓清露，一枝灯影里。

注 释

①这是一首吟咏水仙花的咏物词，寄托遗民之节操。上片主要描写水仙的绰约风姿。下片由水仙引发联想，赞美水仙国色多情，甘受寂寞的高洁情怀。整首词写的多情缱绻，缠绵悱恻。

②湄：岸边水草相接之地。

③湘娥：即湘妃。此处指水仙。

④汉宫仙掌：即汉武帝所铸的以手掌托盘承露的铜仙人。

⑤"骚人恨"二句：屈原赋《离骚》常以芳兰幽芷喻自身高洁。

贺新郎^①梦冷黄金屋

蒋 捷

梦冷黄金屋^②。叹秦筝、斜鸿阵里，素弦尘扑。化作娇莺飞归去，犹认纱窗旧绿。正过雨、荆桃如菽。此恨难平君知否。似琼台、涌起弹棋局。消瘦影，嫌明烛。

鸳楼碎泻东西玉^③。问芳踪、何时再展，翠钗难卜。待把宫眉横云样，描上生绡画幅。怕不是、新来妆束。彩扇红牙今都在，恨无人、解听开元曲。空掩袖，倚寒竹^④。

注 释

①这是一首怀念故国的词作。上片写梦回故国宫殿，秦筝犹在，却无人弹奏。梦魂似娇莺，还认得旧时纱窗，窗下蓬绿。斜雨飞过，杂树亭台。不忍见烛前瘦影，却怨明烛。下片追思当年一别。玉杯碎泻，覆水难收，何时再见芳踪，佳期难卜。待图画倩影，怕不是眼前模样。抚弦寄恨，如今谁能听懂。算只有，空自掩袖，独倚寒竹。

②黄金屋：汉武帝年少时，长公主欲把阿娇许配给他，武帝曰："若得阿娇作妇，当作金屋贮之。"

③东西玉：指酒。

④空掩袖，倚寒竹：语本杜甫《佳人》诗"天寒翠袖薄，日暮倚修竹"。

女冠子^①元夕

蒋 捷

蕙花香也。雪晴池馆如画。春风飞到，宝钗楼上，一片笙箫，琉璃光射②。而今灯漫挂。不是暗尘明月，那时元夜。况年来、心懒意怯，羞与蛾儿争要③。

江城人悄初更打。问繁华谁解，再向天公借。剔残红灺④。但梦里隐隐，钿车罗帕⑤。吴笺银粉砑⑥。待把旧家风景，写成闲话。笑绿鬟邻女，倚窗犹唱，夕阳西下。

注 释

①女冠子，唐教坊曲名，后用为词调名。女冠，即女道士。此调原用来歌咏女道士之神态。分小令、长调两体，小令始于温庭筠，长调始于柳永。又名《女冠子慢》。这是一首元夕之作。词中抒写了词人的故国之思。唐圭璋《唐宋词简释》：此首元夕感赋，起六句，极力渲染昔时元夕之盛况。"蕙花"二句，写月光；"春风"四句，写灯光，中间人影、箫声，盛极一时。"而今"二字，陡转今情，哀痛无比。时既非当时之时，人亦非当时之人，故无心闲赏元夕。换头六句，皆今夕冷落景象，反应起六句盛时景象。人悄灯残，此情真不堪回首。"吴笺"以下六句，一气舒卷，言我自伤往，而人犹乐今，可笑亦可叹也。

②琉璃：指琉璃灯。

③蛾儿：妇女插戴于发的饰物。

④灺：指灯烛。

⑤钿车：嵌以珠玉的车子。

⑥砑：碾磨。

高阳台①西湖春感

张 炎

接叶巢莺②，平波卷絮，断桥斜日归船③。能几番游，看花又是明年。东风且伴蔷薇住，到蔷薇、春已堪怜。更凄然。万绿西泠，一抹荒烟。

当年燕子知何处，但苔深韦曲④，草暗斜川。见说新愁，如今也到鸥边。无心再续笙歌梦，掩重门、浅醉闲眠。莫开帘。怕见飞花，怕听啼鹃。

注释

①这首词写西湖春日之游，写词人身世之沉沦，抒发眷念故国之哀情。上片写西湖暮春景色，景象凄凉。下片借景抒情，寄托故国之思，有黍离之悲。

②接叶巢莺：语本杜甫诗"卑枝低结子，接叶暗巢莺"。

③断桥：桥名。在西湖。

④韦曲：唐代长安城南郊是韦氏世居之地。此指杭城贵族居处。

八声甘州①记玉关踏雪事清游

张 炎

辛卯岁，沈尧道同余北归，各处杭、越。逾岁，尧道来问寂寞，语笑数日，又复别去，赋此曲，并寄赵学舟。

记玉关踏雪事清游②，寒气脆貂裘。傍枯林古道，长河饮马，此意悠悠。短梦依然江表，老泪洒西州③。一字无题处，落叶都愁。

载取白云归去，问谁留楚佩，弄影中洲？折芦花赠远，零落一身秋。向寻常、野桥流水，待招来、不是旧沙鸥④。空怀感，有斜阳处，却怕登楼⑤。

注释

①这首词是词人北游归来后，向友人诉说心中失意的词作。上片写身世之感，抒发心头凄苦之情。下片写怀友之情，表现词人对友情的珍重。整首词抒情婉转低佪，黯然神伤。

②玉关：关名。在甘肃境内。

③老泪洒西州：据《晋书》载，羊昙为谢安所器重，谢安抱病还都时从西州城门而入，死后，羊昙即避而不走西州路。后酒后大醉，不知至西州门，恸哭而去。

④旧沙鸥：指志同道合的老朋友。

⑤登楼：东汉末王粲避乱荆州，作《登楼赋》以抒发思国怀乡之情。

解连环①孤雁

张 炎

楚江空晚。恨离群万里，恍然惊散。自顾影、却下寒塘，正沙净草枯，水平天远。写不成书，只寄得、相思一点。料因循误了②，残毡拥雪③。故人心眼。

谁怜旅愁荏苒④。谩长门夜悄，锦筝弹怨。想伴侣、犹宿芦花，也曾念春前，去程应转。暮雨相呼，怕蓦地、玉关重见。未羞他、双燕归来，画帘半卷。

注释

①这是一首歌咏孤雁的咏物词。上片词人首先描绘了一个空阔、黯淡的环境以衬托离群之雁的孤单。下片写孤雁的羁旅哀怨之情。词人借孤雁失群表现自己漂泊不定的身世，寄托国破家亡的沉

痛与哀思。

②因循：拖延。

③残毡拥雪：据《汉书》载，苏武出使匈奴，被匈奴所拘，不屈，则置苏武于大窖中，不给饮食。天下雪，苏武以雪拌毡毛，食之，不死。后双方和亲，汉派使者到匈奴索苏武，匈奴假说苏武已死，汉使说汉天子射雁，在雁足上发现苏武的信。匈奴于是只得将苏武放回。

④荏苒：时光流逝。

疏影① 咏荷叶

张 炎

碧圆自洁。向浅洲远渚，亭亭清绝。犹有遗簪，不展秋心，能卷几多炎热。鸳鸯密语同倾盖，且莫与、浣纱人说。恐怨歌、忽断花风，碎却翠云千叠。

回首当年汉舞，怕飞去、谩皱留仙裙折②。恋恋青衫，犹染枯香，还叹鬓丝飘雪。盘心清露如铅水③，又一夜、西风吹折。喜净看、匹练飞光，倒泻半湖明月。

注 释

①这是一首咏叹荷叶的词作。寄托词人归隐湖山的高逸情怀。上片写荷叶的高洁清绝，下片写荷叶即便凋零，犹有枯香。整首词写荷即写人，咏物言志，情物契合无垠。

②"回首"三句：据《赵飞燕外传》载，飞燕善舞，裙随风起，像要成仙飞去似的，风停止后，裙就变得很皱。他日宫女们都将裙子做成皱形，号留仙裙。

③盘心清露如铅水：语本李贺《金铜仙人辞汉歌》诗"忆君清泪如铅水"。

月下笛①孤游万竹山中

张　炎

孤游万竹山中，闲门落叶，愁思黯然，因动黍离之感②。时寓甫东积翠山舍。

万里孤云，清游渐远，故人何处。寒窗梦里，犹记经行旧时路。连昌约略无多柳③，第一是、难听夜雨。漫惊回凄悄④，相看烛影，拥衾谁语。

张绪⑤，归何暮。半零落，依依断桥鸥鹭。天涯倦旅。此时心事良苦。只愁重洒西州泪，问杜曲、人家在否。恐翠袖，正天寒，犹倚梅花那树。

注释

①调见周邦彦《片玉集》，又名《凉蟾莹澈》、《静倚官桥吹笛》等。这是一首记孤游的词作。词人通过对杭州的怀念，表现了深沉的故国之思。上片写客舍中寒夜听雨，夜深难眠，孤独无似。下片写倦旅思归，心念故人。

②黍离之感：即故国之思。

③连昌：即唐连昌宫，宫中多置柳树。

④谩：无端。

⑤张绪：南齐时吴郡

137

人，官至国子祭酒，风姿清雅。据《艺文类聚》载，刘悛之为益州刺史，献蜀柳数株，条甚长，状如丝缕，武帝将之置于云和殿前，常叹赏曰："杨柳风流可爱，似张绪当年时。"

眉妩①新月

王沂孙

渐新痕悬柳，淡彩穿花，依约破初暝。便有团圆意，深深拜，相逢谁在香径。画眉未稳，料素娥、犹带离恨②。最堪爱、一曲银钩小，宝帘挂秋冷③。

千古盈亏休问，叹慢磨玉斧④，难补金镜⑤。太液池犹在⑥，凄凉处、何人重赋清景。故山夜永，试待他、窥户端正⑦。看云外山河，还老尽、桂花影。

注释

①《汉书·张敞传》："（敞）又为妇画眉，长安中传张京兆眉妩。"调名本此。又名《百宜娇》。这是一首歌咏新月的咏物词，词人借咏新月寄寓亡国哀思。上片写新月之美，下片借咏新月流露出伤时悼国的感情，同时也蕴含了对重整河山的憧憬。整首词虚虚实实，令人捉摸不定，笔法含蓄，立意高迈。

②素娥：嫦娥。

③宝帘：窗帘。

④磨玉斧：古代传说有玉斧修月之事。

⑤金镜：喻圆月。

⑥太液池：指宋朝宫中的池沼。

⑦端正：月圆。

齐天乐①蝉

王沂孙

　　一襟余恨宫魂断②，年年翠
阴庭树。乍咽凉柯，还移暗叶，
重把离愁深诉。西窗过雨。怪瑶
佩流空，玉筝调柱。镜暗妆残，
为谁娇鬌尚如许。

　　铜仙铅泪似洗，叹携盘去
远，难贮零露③。病翼惊秋，枯
形阅世，消得斜阳几度。馀音更
苦。甚独抱清商④，顿成凄楚。
谩想熏风⑤，柳丝千万缕。

注　释

　　①张惠言《词选批注》：详
味词意，殆亦碧山黍离之悲也。
首句"宫魂"点清命意。"乍
咽"、"还移"，概播迁也。"西
窗"三句，伤敌骑暂退，宴安如
故也。"镜暗妆残"，残破满眼。
为难"句，指当日修容饰貌，妩
媚依然。衰世臣主全无心肺，真
千古一辙也。"铜仙"三句，伤
宗室重宝均被迁夺北去也。"病
翼"三句，更是痛哭流涕，大声

疾呼，言海傉栖流，断不能久也。"余音"三句，哀怨难论也。末二句，责诸人当此尚安危利灾，视若全盛也。语意明显，凄婉至不能卒读。

②宫魂断：据《古今注》载。齐王后怨齐王而死，死后尸体化为蝉。

③"铜仙"三句：汉武帝时用铜铸造了以手托盘承露的仙人像，后魏明帝遣人拆走了此像，铜仙人潸然泪下。

④清商：即清商曲，是古乐府的一种曲子。

⑤熏风：和风。

高阳台①　和周草窗寄越中诸友韵

王沂孙

残雪庭阴，轻寒帘影，霏霏玉管春葭。小贴金泥，不知春在谁家。相思一夜窗前梦，奈个人、水隔天遮②。但凄然，满树幽香，满地横斜。

江南自是离愁苦，况游骢古道③，归雁平沙。怎得银笺④，殷勤与说年华。如今处处生芳草，纵凭高、不见天涯。更消他，几度东风，几度飞花。

注释

①这是一首春日怀友

人之作。陈廷焯《白雨斋词话》："上半阕是叙其远游未还，悬揣之词；下半阕是言其他日归后情事，料逆之词。"整首词以双关手法写春，既关时令，又涉时局；既写相思，又言离愁。收缩处"低徊掩抑，荡气回肠"（况周颐《蕙风词话》）。

②个人：伊人。

③游骢：漫游的马。

④银笺：指书信。

法曲献仙音①聚景亭梅次草窗韵

王沂孙

层绿峨峨②，纤琼皎皎③，倒压波痕清浅④。过眼年华，动人幽意，相逢几番春换。记唤酒寻芳处，盈盈褪妆晚。

已消黯。况凄凉、近来离思，应忘却、明月夜深归辇⑤。荏苒一枝春，恨东风、人似天远。纵有残花，洒征衣，铅泪都满。但殷勤折取，自遣一襟幽怨。

注　释

①陈旸《乐书》："法曲兴于唐，其声始出清商部，比正律差四律，有铙、钹、钟、磬之音。《献仙音》其一也。"又名《献仙音》、《越女镜心》等。俞陛云《唐五代两宋词选释》：亭在聚景园中，梅林极盛，碧山屡往观之，故上阕有几度寻芳之语……下阕云"明月夜深归辇"，想见当日宸游之乐。迨年久境迁，园亭芜圮，悠悠行客，孰动余悲。故"满"字韵云纵有残花，惟凄凉过客泪洒征衣耳。

②层绿：指绿梅。

③纤琼：指白梅。

④倒压波痕清浅：语本林逋《山园小梅》诗"疏影横斜水清浅"。

⑤辇：车。

疏影①寻梅不见

彭元逊

江空不渡。恨蘼芜杜若②，零落无数。远道荒寒，婉娩流年，望望美人迟暮③。风烟雨雪阴晴晚，更何须、春风千树。尽孤城、落木萧萧，日夜江声流去。

日晏山深闻笛，恐他年流落，与子同赋。事阔心违，交淡媒劳，蔓草沾衣多露。汀洲窈窕余醒寐，遗佩环、浮沉澧浦④。有白鸥淡月，微波寄语，逍遥容与⑤。

注 释

①这是一首寻梅词，词人感伤时事，寻梅怀旧。上片写寻梅，春天未至，百草不芳，词人寻梅，不辞远道荒寒，常恐年光流逝，梅容衰老，美人迟暮。若能寻到一枝梅花，便抵得上春风千树。下片怀旧，词人回忆与梅的相识、相知、相恋的过程，惟愿缔盟结心，永远相伴。

②蘼芜、杜若：皆香草名。

③美人迟暮：语本《离骚》"惟草木之零落兮，恐美人之迟暮"。此喻梅花。

④遗佩浮沉澧浦：语本《离骚》"遗余佩兮澧浦"。

⑤容与：从容闲舒貌。

六丑①杨花

孙元逊

似东风老大，那复有、当时风气。有情不收，江山身是寄。浩荡何世。但忆临官道，暂来不住，便出门千里。痴心指望回风坠。扇底相逢，钗头微缀。他家万条千缕，解遮亭障驿，不隔江水。

瓜洲曾舣②。等行人岁岁。日下长秋，城乌夜起。帐庐好在春睡。共飞归湖上，草青无地。愔愔雨、春心如腻③。欲待化、丰乐楼前，青门都废④。何人念、流落无几。点点抟作⑤，雪绵松润，为君裛泪⑥。

注释

①这是一首歌咏杨花的咏物词，抒发身世之感，家国之恨。上片写杨花漂泊不定的身世。时值暮春，杨花也像东风一样，老大迟暮，但因杨花有情，仍在漂泊，这样的漂泊，何午才是尽头。可悲的是，尽管能在扇底钗头稍作停留，但阻不断光阴似水，浩浩东流。下片由漂泊的杨花联想到漂泊的人。人花同命，人花同悲，人花同泣，人花同慰。

②舣：船靠岸。

③愔愔：安和貌。

④青门：长安城门名。门外出好瓜，广陵人邵平为秦东陵侯，秦亡后为布衣，种瓜青门外。

⑤抟：以手捏之成团。

⑥浥：沾湿。

金明池^①天阔云高

金明池

天阔云高，溪横水远，晚日寒生轻晕。闲阶静，杨花渐少，朱门掩，莺声犹嫩。悔匆匆、过却清明，旋占得余芳、已成幽恨。却几日阴沉，连宵慵困。起来韶华都尽。

怨入双眉闲斗损。乍品得情怀，看承全近^②。深深态、无非自许；厌厌意^③、终羞人问。争知道、梦里蓬莱，待忘了余香，时时音信。纵留得莺花，东风不住，也则眼前愁闷。

注释

①金明池原为北宋汴京西郊的一处皇家苑囿。叶梦得《石林燕语》卷一："太平兴国中，复凿金明池于苑北，导金水河水注之，以教神卫虎翼水军习舟楫，因为水嬉"，"今惟琼林、金明最盛。岁以二月开，命士庶纵观，谓之开池。至上巳车驾临幸毕即闭。岁赐二府从官燕，及进士闻喜燕，皆在其间"。秦观《淮海集》卷九有诗，诗题曰："元祐七年三月上巳，诏赐馆合官花酒，以中浣日游金明池、琼林苑，又会于国夫人园，会者二十有六人。"则秦观曾有金明池之游。《淮海词》有词《赋东京金明池》，即以调为题也。这是一首伤春词。上片描写

春光将尽的过程，有惜春之意。下片抒发无法留春的愁怀，有怨春之情。

②看承：护持。全近：极其亲近。

③厌厌：同"恹恹"。精神不振貌。

如梦令① 昨夜雨疏风骤

李清照

昨夜雨疏风骤。浓睡不消残酒。试问卷帘人，却道海棠依旧。知否，知否？应是绿肥红瘦②。

注释

①据苏轼《仇池笔记》，此曲本后唐庄宗制，名《忆仙姿》，嫌其名不雅，故改为《如梦令》，盖因此词中有'如梦、如梦'迭句也。周邦彦又因此词首句改名《宴桃源》。沈会宗词有'不见、不见'迭句，名《不见》。张辑词有'比着梅花谁瘦'句，名《比梅》等。这是一首伤春惜春词，并以花自喻，慨叹自己的青春易逝。黄氏《蓼园词选》云："一问极有情，答以'依旧'，答得极淡，跌出'知否'二句来，而'绿肥红瘦'无限凄婉，却又妙在含蓄。短幅中藏无数曲折，自是圣于词者。"

②绿肥红瘦：形容叶繁花少。

凤凰台上忆吹箫① 香冷金猊

李清照

香冷金猊②，被翻红浪，起来慵自梳头。任宝奁尘满③，日上帘钩。生怕离怀别苦，多少事、欲说还休。新来瘦，非干病酒，不是悲秋。

休休，这回去也，千万遍《阳关》④，也则难留。念武陵人远⑤，烟锁秦楼。惟有楼前流水，应念我、终日凝眸。凝眸处，从今又添，一段新愁。

注释

①《列仙传》卷上"萧史"："萧史者，秦穆公时人也。善吹箫，能致孔雀、白鹤于庭。穆公有女字弄玉，好之，公遂以女妻焉。日教弄玉作凤鸣，居数年，吹似凤声，凤凰来止其屋。公为作凤台，夫妇止其上，不下数年。一旦，皆随凤凰飞去。"调名《凤凰台上忆吹箫》即取自这一传说。《晁氏琴趣外篇》首见此调。又名《忆吹箫》。这首词抒发了词人与丈夫分别后的相思之情。上片写词人与丈夫临别时怅然若失、百无聊赖的心情。紧扣一个"慵"字，一路写来，"慵"态可掬。继而写心念离怀别苦，而神伤形瘦。下片先写丈夫的去而难留。进而设想自己别后的情形。整首词层层渲染离愁别苦，读来感人至深。

②金猊：狮形铜香炉。

③宝奁：梳妆镜匣。

④《阳关》：乐府曲名。是为送别之曲。

⑤武陵人远：用陶渊明《桃花源记》之武陵人入桃花源事，言所思之人已远去。

醉花阴① 薄雾浓云愁永昼

李清照

薄雾浓云愁永昼。瑞脑消金兽②。佳节又重阳，玉枕纱厨③，半夜凉初透。

东篱把酒黄昏后④。有暗香盈袖。莫道不消魂，帘卷西风，人比黄花瘦⑤。

注　释

①此调首见毛滂《东堂词》，因其中有"人在翠阴中……劝君对客杯须覆"。因据句意取调名。《古杭杂记》："太学上舍郑文，秀州人。其妻寄以《忆秦娥》云：'花深深，一勾罗袜行花阴。行花阴，闲将钿带结同心。'此调为同舍见者传播，酒楼妓馆皆歌之。"《醉花阴》词调遂行于世。《琅嬛记》："李易安以重阳《醉花阴》词，函致赵明诚。明诚叹赏，自愧弗逮，务欲胜之。一切谢客，忘食寝者三日夜，得五十阕，杂易安作，以示友人陆德夫。德夫玩之再三，曰：'只三句绝佳。'明诚诘之，曰：'莫道不销魂，帘卷西风，人比黄花瘦。'正易安作也。"这首词写词人重阳佳节思念丈夫的心情。上片写重阳佳节之时，词人只身一人，时光变得如此漫长，刚送走愁闷的白昼，又须面对凄凉的秋夜。下片写词人独自饮酒赏菊，愁绪满怀，末句"人比黄花瘦"，至今为人传颂不已。

②瑞脑：即龙脑，是一种名贵的香料。金兽：兽形铜香炉。

③沙厨：即沙帐。

④东篱把酒黄昏后：语本陶渊明《饮酒》诗"采菊东篱下，悠然见南山"。

少年读宋词三百首

147

⑤黄花：菊花。

声声慢① 寻寻觅觅

李清照

寻寻觅觅，冷冷清清，凄凄惨惨戚戚。乍暖还寒时候②，最难将息③。三杯两盏淡酒，怎敌他、晚来风急！雁过也，正伤心，却是旧时相识。

满地黄花堆积。憔悴损、如今有谁堪摘？守着窗儿，独自怎生得黑④！梧桐更兼细雨，到黄昏、点点滴滴。这次第⑤，怎一个愁字了得！

注释

①明杨慎《升庵集》卷六十三"慢字为乐曲名"："陈后山诗'吴吟未至慢，楚语不假些'，任渊注云：'慢，谓南朝慢体，如徐庾之作。'余谓此解是也，但未原其始。《乐记》云：'宫商角征羽，五者皆乱迭相陵，谓之慢。'又曰：'郑卫之音，乱世之音也，比于慢矣。'宋词有《声声慢》、《石州慢》、《惜余春慢》、《木兰花慢》、《拜星月慢》、《潇湘逢故人慢》，皆杂比成调，古谓之啧浊，啧与赜同，杂乱也。琴曲有名散，元曲有名犯，又曲终入破，义亦如此。"晁补之词名《声声慢》，吴文英词有"人在小楼"句，名《人在楼

148

上》。这是一首赋体慢词，表现悲秋主题，堪比一篇《悲秋赋》。上片起首连用十四个叠字，表现一个人苦寻无着、心神不宁、若有所失的神态。继而以酒浇愁，目送秋鸿，心中平添许多怅惘。下片词人环顾自家庭院，黄花堆积，伤心人却无心摘赏。终日枯坐无聊，独自一人，如何捱到天黑，即便黑夜到来，又将如何，黄昏时分，秋雨绵绵，雨打桐叶，愁煞闺中人，此情此景，一个"愁"字，怎能概括得了。

②乍暖还寒：初春忽冷忽热的天气。

③将息：休养。

④怎生：怎样。

⑤这次第：这种情状。

念奴娇①春情

李清照

萧条庭院，又斜风细雨，重门须闭。宠柳娇花寒食近，种种恼人天气。险韵诗成②，扶头酒醒，别是闲滋味。征鸿过尽③，万千心

事难寄。

　　楼上几日春寒，帘垂四面，玉阑干慵倚。被冷香消新梦觉，不许愁人不起。清露晨流，新桐初引④，多少游春意。日高烟敛，更看今日晴未。

注　释

　　①这首词写寒食节将至，词人独守空闺，思念远方的丈夫。黄氏《蓼园词评》：“只写心绪落寞，遇寒食更难遣耳。徒然而起，便而深邃。至前阕云‘重门须闭’，次阕云‘不许’‘不起’，一开一合，情各夏夏生新。起处雨，结句晴，句法浑成。”

　　②险韵：以生僻难押字押韵。

　　③征鸿：飞翔的鸿雁。

　　④“清露”二句：语出《世说新语·赏誉》。初引：刚刚发芽。